EL CLUB DE LOS MALDITOS

MALDITA HERMANA

Gemma Lienas

EL CLUB DE LOS MALDITOS

MALDITA HERMANA

Ilustraciones de Àlex Omist

Círculo de Lectores

A Jordi, Biel, Itziar, Mariona, Isolda y Salomon

1
EL PRIMER DÍA

Me encantaría seguir en la cama, mirando el techo, pero es imposible: mi despertador dice con cifras verdes que son las 7:10. O sea, que ya pasan diez minutos de la hora de levantarme, y además, tengo junto a mí a mi madre, que me incordia:

—Marcos, levántate. Ya son las siete. ¿Me oyes, Marcos? No te hagas el dormido.

No me hago el dormido. No lo estoy. Sólo intento retrasar el momento fatal: el de hallarme por primera vez en el instituto. Para entendernos, me siento feliz de no tener que ir más al colegio. Pero me da un poco de *yuyu* pensar que voy a un lugar que no conozco, con compañeros a la mayoría de los cuales tampoco conozco, y con profesores y profesoras totalmente nuevos. ¡Uf! Me noto la barriga extraña, como si tuviera mariposas volando en ella. Y noto el culo... el culo pequeño, ya sabéis a lo que me refiero.

Mi madre no tiene compasión de mí. Nunca la tiene. Aparta las sábanas de un manotazo.

—¡Arriba! —grita—. No querrás llegar tarde el primer día, ¿no?

No, no quiero, pienso levantándome. Todavía sería peor llegar cuando ya todo el mundo esté sentado en el aula. Abriría la puerta y todos me mirarían. Y, seguramente, la profe diría: Marcos Terrón, espérate en el pasillo hasta el cambio de clase. Esto es lo que me ha dicho mi hermana que pasa en el insti cuando no llegas a la hora. Sólo de pensar en la vergüenza que se debe de pasar estando una hora entera en el pasillo a la vista del personal, ya me cago de miedo. Y si además sumas que las faltas de puntualidad también influyen en las notas, ni te cuento.

Mi hermana se llama Carlota. Tiene tres años más que yo y nunca se echa atrás. Ella es perfecta. Yo, en cambio, no tengo nada de perfecto; en realidad, soy eso que llaman un *friqui*. Y también son unos *friquis* mis dos mejores amigos: Lucas y Borja.

Saliendo de casa los encuentro esperándome para ir juntos al instituto. Me miran los dos con cara de víctimas dispuestas al sacrificio.

—A ver si nos van a obligar a saltar el plinto —dice Lucas, muy preocupado, mientras despega su espalda de la farola en la que estaba apoyado—, o correr los cien metros vallas por el patio, o subir por la cuerda...

—Que no, hombre. Vamos al insti, no al circo.

—Yo preferiría ir al circo —dice Lucas con voz lúgubre.

Borja dice que ir al circo a ver la función sí, pero a hacer el ganso no.

—Claro que ir al insti tampoco es que me haga mucha ilusión —añade.

Durante un rato andamos sin decir nada, arrastrando los pies y chutando algunas de las hojas secas que ya empiezan a cubrir el suelo.

De repente, como un ciclón, nos avanzan por la derecha Carlota y Mireya, o sea, mi hermana y la hermana de Lucas, que son amigas de toda la vida y van al mismo curso.

—Adiós, microbios —dice Carlota, mientras Mireya pasa sin mirarnos.

En ese momento tengo una idea genial: quizá, si llegamos con ellas, los del insti nos respetarán para siempre. Carlota y Mireya tienen muy buena fama en todas partes. Ya lo he dicho antes: Carlota es la bomba en patinete. Y Mireya, también.

—¡Eh!, vamos con vosotras —les digo pisándoles los talones.

—Ni de broma, chaval —dice Mireya.

—Tenemos prisa, cagarruta.

Su respuesta ya me tendría que hacer sospechar que las cosas no serán como en primaria, que yo he crecido —Borja y Lucas también, claro—, y que a Carlota ya no le parezco su hermano pequeño moníííísimo, sino su hermano plasta de secundaria.

—Adiós, simpáticas —las despedimos.

Mireya nos mira con ojos de indiferencia profunda.

Nosotros, todos a la vez como si nos hubiéramos puesto de acuerdo, les hacemos una pedorreta.

A pesar de arrastrar los pies, conseguimos llegar a clase un poco antes de las nueve. Localizar nuestra aula es toda una odisea. Vamos al segundo piso, pero no es allí. Quizá hemos mirado mal el tablón de anuncios. Bajamos otra vez a la entrada.

—Es en el tercero —avisa Borja.

—A ver si no vas a saber ni leer, Marcos —me dice Lucas.

Lucas es un buen chico, pero alguna vez puede ser repelente. Y es que es un coco. Creo que no ha suspendido ni un examen en su vida.

—La culpa es de esta mancha —le digo mientras señalo el papel.

—Venga, vamos, que todavía entraremos tarde.

Pero cuando llegamos, la puerta todavía está abierta y, desde dentro, sale un alboroto imponente.

—Allí —digo cuando entramos. Y señalo tres asientos vacíos en la tercera fila.

—¿No creéis que estamos demasiado delante? —dice Lucas cuando ya nos hemos instalado.

Una chica de la segunda fila se da la vuelta e interviene:

—Depende de cómo lo mires. De hecho, el final de la clase empieza a partir de la segunda fila.

Y ella sola se mea de risa con lo que acaba de decir.

Después de esto, vuelve a ignorarnos olímpicamente.

—A mí me trae sin cuidado la fila —dice Borja—. Lo único que quiero es continuar sentado con vosotros... De hecho, lo que más me gustaría en el mundo es que estuviéramos los tres solos en clase.

A Borja, eso de conocer gente nueva le gusta todavía menos que a Lucas y a mí.

En ese momento entra una mujer de cabellos rizados y pantalones vaqueros.

—Parece simpática —dice Lucas.

—Primero A, sentaos y escuchad.

Nadie parece haberla oído. Y si alguien lo ha hecho, no le hace caso.

—¿¡Queréis hacer el favor de callar!? —grita mientras da golpes con la mano encima la mesa.

El estruendo enmudece a todo el mundo. A todo el mundo menos a Lucas, que en voz baja murmura:

—Lo retiro: no me parece nada simpática.

La profesora lo mira con cara de malas pulgas, no sé si porque ha hablado o, más concretamente, por lo que ha dicho.

Cruzo los dedos y espero que la cosa no vaya más allá. Y no va. La profesora ignora a Lucas y empieza a hablar. Por suerte, parece que le da igual en qué sillas nos hemos sentado.

Borja, Lucas y yo nos miramos y respiramos aliviados: continuamos sentados los tres juntos. ¡Victoria!

La mañana es menos enrevesada de lo que habíamos imaginado: no se nos caen los bolis y los lápices por el suelo, no tenemos ninguna discusión con los matones de clase —que se ve a la legua quiénes son—, no tenemos que contestar a ninguna pregunta, excepto decir nuestro nombre y apellidos, ninguna chica se ríe de nosotros: ni de la barriga de Lucas, ni de mi aire de niño de primaria (¿qué queréis? Debo reconocer que no tengo cara de estar en secundaria), ni... A medida que van pasando las horas, respiramos más fácilmente.

—¡Eh! Se me está soltando el nudo que tenía en el estómago —dice Lucas con una sonrisa de oreja a oreja.

—¿Tenías un nudo en el estómago? —pregunta Borja, boquiabierto.

—Por supuesto que no, Borja. Lo decía en sentido figurado.

—¡Ah! Ya lo pillo —dice él—. Es una metáfora, ¿no?

—¡Exacto!

Borja no entiende las metáforas. Sólo entiende las cosas tal y como son. Por ejemplo, si le dices: ¡ponte a dos kilómetros de mí, que hace mucho calor!, él es capaz de irse muuuuuuy lejos, porque se toma los dos kilómetros al pie de la letra y no como una forma de hablar.

Y, por fin, suena el timbre del final de las clases de la mañana.

Me siento tan rebién que me gustaría tirar el estuche por los aires, pero me digo a mí mismo: «Contrólate, Marcos», como si fuera mi madre.

—¡Eh! ¿Os dais cuenta de que todo ha ido como

una seda? No hemos dado la nota —dice Lucas.

—Nadie nos ha castigado —añado yo.

—Nadie nos ha tomado el pelo —termina Borja.

—¡Genial! Nada que ver con el día que empecé primero en el colegio... —digo.

—¿Qué pasó ese día? —pregunta Borja.

—¿No te acuerdas? —le pregunto, sorprendido.

Borja niega con la cabeza.

¿Cómo puede ser que haya olvidado algo así? Yo no lo olvidaré jamás en la vida.

—Y yo tampoco lo recuerdo —dice Lucas—. Pero nos lo cuentas mientras vamos hacia el comedor, que me muero de hambre.

—No sabemos dónde está el comedor —digo.

—Yo sí —replica Lucas—. Lo tengo localizado. Seguidme. Y tú, Marcos, cuéntanos qué pasó.

—Pues... —dudo un momento antes de lanzarme a ello.

No sé si tengo ganas de revivir el incidente. Todavía ahora me ruborizo sólo con pensarlo. Finalmente, decido soltar la historia. Al fin y al cabo, son mis mejores amigos.

—Pues estábamos en el aula de música, que tenía esas baldosas de color rojo. ¿Os acordáis?

—Hombre, de las baldosas sí. Sólo hace dos meses que hemos dejado de ir al colegio.

—Bueno, como os decía, estábamos toda la clase en el aula de música y era el primer día de primero de primaria. Yo tenía mucho pipí, porque durante el recreo no había tenido tiempo de ir al baño.

—Claro —dice Lucas—, como no tenías superpoderes de superhéroe, no pudiste desaparecer de clase para ir.

—En aquella época no estábamos enganchados a los cómics —recuerdo.

Los cómics son nuestra obsesión. Nos encantan los de superhéroes, desde Superman hasta Batman, pasando por Spiderman. ¡Ah! Y también nos encanta *Diamante el Invencible*, el superhéroe más famoso de la tele.

—¿Y qué pasó con el pipí? —pregunta Borja, que ignora nuestra conversación sobre cómics.

—Pues —digo—, que tenía muchas ganas de mear y casi no me podía aguantar. Y, entonces, el tonto de Gómez...

—¿Quién? —pregunta Lucas.

—Ese niño que se fue del colegio en tercero —dice Borja—. Uno que tenía la cara llena de pecas.

—¡Jolines, qué memoria! Ya ni me acordaba.

—Pues el tonto de Gómez le hizo orejas de burro a la profe de música, y ella, en ese mismo momento, se dio la vuelta y se encontró a Gómez con los dedos en el aire. Y a mí me dio un ataque de risa y no podía parar. Y ella le dijo: «¿Se puede saber qué haces?». Él dijo: «Mmm... eh... esto...». Y al final dijo que estaba haciendo la señal de la victoria. Y esto pareció que apaciguaba a la profe, que se volvió hacia mí, que me estaba partiendo de risa. Y no sólo eso: de tanto que me reía se me habían escapado unas gotas de pipí y mis pantalo-

nes marrón claro tenían una mancha oscura a la altura de la bragueta. Me quería fundir de vergüenza y maldije el hecho de que en primero ya no lleváramos batas. Entonces, me pareció que la profe miraba mi mancha. Y antes de que dijese nada, salí pitando hacia los lavabos sin siquiera pedirle permiso...

—¿Y? ¿Qué hiciste en los lavabos?

—Esconderme un buen rato. Al final, como no se oía nada ni parecía que nadie tuviera que venir, me quité los pantalones y los calzoncillos...

—¿Te desnudaste?

—Pues sí. Y puse los pantalones debajo del aire caliente de secarse las manos. En poco rato, la mancha ya no se veía. Y me volví a poner los pantalones...

—¿Y los calzoncillos?

—Los doblé y me los guardé en el bolsillo...

—¿Ibas sin calzoncillos?

—Sí. ¿Qué pasa? Y cuando se acabó la clase de música, me fui a nuestra aula. Y ya está.

—Pues yo no sabía eso del pipí.

—Ni yo tampoco —dice Borja—. Y tú quizá te acuerdas porque pasaste mucha vergüenza. Mi psicóloga dice que muchas cosas de la vida las recordamos porque van asociadas a una emoción muy fuerte.

—¡Ostras! Pues ya sé qué tendré que hacer para recordar las lecciones de historia —digo.

—Enamorarte —se burla Lucas—. El amor es una emoción muy fuerte, ¿no?

Estamos en la puerta del comedor y vamos a ponernos a la cola.

—En todo caso, el primer día de secundaria no tiene nada que ver con el de primaria.

—No. Ha sido pan comido.

Los otros dos están de acuerdo conmigo.

—Crucemos los dedos para que todo siga igual —dice Lucas cogiendo una de las bandejas metálicas para la comida.

Borja y yo, detrás de él, hacemos lo mismo y vamos pasando por delante del mostrador donde nos sirven puré de verduras con tropezones de pan de primero, carne rebozada con patatas fritas de segundo y melocotón. Justo cuando están terminando de poner la fruta en mi bandeja y me dispongo a seguir a Borja y a Lucas para buscar una mesa, me doy cuenta de que mi pie derecho pisa algo pringoso.

—¡Ecs! —digo.

Pero no puedo añadir nada más, porque el pie me patina y mi pierna derecha, siguiendo al pie patinador, empieza a abrirse peligrosamente.

«Ay, que me caigo», pienso. Y dejo de aguantar la bandeja de la comida con las dos manos porque una la necesito para apoyarme en el hombro de Borja, que pillado por sorpresa, da un respingo y pierde el equilibrio.

Justo antes de caer de culo al suelo, todavía tengo tiempo de ver que Borja, aguantando la bandeja también sólo con una mano, se coge del brazo de Lucas, con tan mala suerte que lo arrastra en su caída.

Y caen uno encima de otro justo a mi lado, en el momento en que noto que algo acaba de aterrizar en mi cabeza y una pasta de color verde me resbala por la cara.

Borja y Lucas, hechos un lío de brazos y piernas, gimen. Y yo todavía tengo tiempo de ver todas las patatas fritas volando por los aires, mientras las tres bandejas metálicas de la comida caen al suelo con un estruendo nada armonioso.

Y entonces empieza un gran follón en el comedor: todo el mundo se ríe, gritando y, sobre todo, golpeando los cubiertos contra las bandejas, que resuenan como cencerros.

«Si alguien no se había dado cuenta de que nos habíamos caído, ahora todo el mundo lo sabe», pienso. Me noto la cabeza como si fuese un tambor, como si todo el mundo la estuviera aporreando. Me da vergüenza mirar a mi alrededor. Y también, a mis amigos. Ahora mismo deben de querer asesinarme, porque al fin y al cabo, la culpa de todo ha sido mía. Me armo de valor y los miro.

Borja y Lucas me observan con cara de merluzos. La misma que debo de tener yo. Con un pañuelo de papel, intento limpiarme el puré de verduras del pelo y de las mejillas. Lucas comprueba el funcionamiento de su tobillo izquierdo; por la cara que pone, se lo debe de haber torcido.

Ni Borja, ni Lucas, ni yo hemos osado todavía levantar los ojos, pero como tampoco podemos pasarnos el resto del día sentados en el suelo rodeados de comida, hago de tripas corazón y miro hacia arriba, dispuesto a levantarme.

¡Y no os podéis imaginar lo que veo! La traidora de Carlota, mi hermana, en primera fila dando golpes a su bandeja ¡como si se hubiese vuelto majara y no tuviese nada mejor que hacer en la vida! ¡Qué golpe tan bajo! Eso sí que no me lo esperaba.

Además, toda la secundaria continúa celebrando nuestra carencia de habilidad con golpes de tenedor sobre la chapa de las bandejas.

Completamente derrotado, me vuelvo hacia mis amigos y veo que Lucas casi está amarillo de angustia. Miro hacia donde mira él y veo a Mireya, su hermana, haciendo exactamente lo mismo que la mía.

Las dos golpean las bandejas y se ríen como si no nos conociesen de nada.

En ese momento, todo el comedor aúlla:

—¡Uh, uh, uh, uh!

Borja me mira:

—Ostras, Marcos, ahora sí que necesitaríamos los superpoderes de Marcpower.

—Chaval, ojalá pudiese... —le digo.

Y sin saber cómo, me encuentro una escoba en la mano.

—Venga —dice una de las cocineras, que le está dando un recogedor a Borja y un cubo a Lucas—. Ya lo podéis limpiar todo.

Nos levantamos como si tuviéramos agujetas. A mí, por supuesto, me duele todo el cuerpo, no sé si del batacazo o de la vergüenza.

Empezamos a barrer y a fregar al ritmo de los aplausos frenéticos del comedor; se ve que nuestra imagen con los bártulos de limpieza todavía los anima más. Y, para colmo, veo que Carlota y Mireya se miran y hacen gestos como queriendo decir «barre que te barre», y se parten de risa.

La cocinera que nos ha puesto a limpiar se dirige al comedor y grita:

—¡Haced el favor de callar!

Poco a poco, las insultantes carcajadas se van fundiendo hasta llegar a desaparecer del todo.

2

¡MARCPOWER AL RESCATE!

Salimos del instituto, todavía muertos de vergüenza y también llenos de rabia.

—Jolines, Marcos, tu pipí de primaria comparado con esto no es nada.

—¡Ya te digo! Me siento tan mal que me gustaría esconderme en la cama y no salir en toda la semana.

—¿En toda la semana? —dice Borja con voz de ultratumba—. Querrás decir en todo el curso. Porque si empezamos así...

—¡Imagínate cómo acabaremos!

Y me dejan solo en la parada de autobús.

Si alguien me preguntase: «¿Te apetece subir al autobús ahora?», diría: «Tanto como tirarme al río». Porque, en la parada, hay dos chicos, probablemente de mi instituto —¿qué queréis?, soy nuevo y no los conozco a todos— que me miran mal. Me miran y cuchichean. Me imagino lo que deben de estar diciéndose: «Mira, el patoso de primero que tira por los aires las bandejas».

¡Ja!, ¡qué graciosos! Me pongo de espaldas para no verlos, pero continúo imaginándome sus sonrisas estúpidas de alumnos de cuarto. Y miro hacia el fondo de la calle para ver si llega ya el autobús. Pero el autobús tarda y tarda... Parece que lo haga aposta.

Al final llega pero no puedo escaquearme hacia el final porque está lleno como una lata de sardinas.

—Tú, déjanos pasar —dicen los dos memos.

Y me avanzan y se quedan algo más allá, junto a una mujer que en seguida mira hacia donde estoy yo. A lo mejor ya sabe quién soy y qué he hecho en el comedor. ¡Jolín! Seguro que ha oído a los dos estúpidos contando mi proeza. ¡Qué desgraciado soy!

Y ahora me mira el hombre que tiene detrás. Por su cara sé que está pensando que soy uno de los metepatas más grandes del universo, y no se equivoca.

Me siento como un gusano. Querría esfumarme, desaparecer. Pero sé por experiencia que es imposible. Por suerte, una mujer que lleva un cochecito con una criatura tiene que bajar y yo ocupo su lugar en la plataforma. Apoyo la cabeza en la ventana. Mmmm. Quién pudiera ser Marcpower. Volar lejos de aquí, pero antes, darles una lección a todos estos imbéciles.

¡Ags! ¡Puré de verduras!
¿Puede ponerme un poco más?
Piel de plátano
¡Aaaaaaaaaaaaah!
¡Ja, ja, ja!
¡ES ÉL!
¡MARCPOWER!

¡Ja,
ja,
CHOF!
¡Ja,
ja,
Mmm!
¡Ja,
ja,
CHOF!
¡Oooooooooooh!
¡Mi pelo!
¡Qué asco!
Parecen mocos.

—¡Niño! ¡NIIIIIÑO! ¿Bajas, guapo?

Una señora me da golpecitos en el hombro.

—No, señora, no. Pase, que ésta todavía no es mi parada.

3
SÓLO FLOP ME ESCUCHA

Creo que llegar a casa debería ser como llegar a un refugio. O sea, un lugar donde te puedes sentir seguro y protegido. Pero cada vez más a menudo, descubro que esto ya no es así. O al menos no lo es cuando yo lo necesito.

Por ejemplo, hoy que llego con la moral por debajo de la línea de flotación y necesitaría un recibimiento familiar de los que te hacen sentir alguien, en casa no están ni papá ni mamá. Y Carlota tampoco sale a decirme hola.

Supongo que ya ha llegado porque por debajo de la puerta de su habitación se ve una rendija de luz. Acerco la oreja para oír lo que hace, pero no se oye ni volar una mosca. Quizá está durmiendo, pienso. Pero me extrañaría porque Carlota de día nunca se echa en la cama. Yo, en cambio, lo hago siempre que puedo. Me gusta estar echado, escuchando música, leyendo cómics o pensando mis historias del superhéroe Marcpower, que después cuento a mis amigos, y así, Lucas, el crac del lenguaje, las escribe, y Borja, que es el mejor dibujante de cómics del mundo, las ilustra. Pero a veces, cuando estoy en la cama, me duermo. Y mamá se pone de los nervios y dice que no entiende cómo puedo dormir por la tarde, que si no duermo bastante por la noche y que quizá tendrá que llevarme al médico, que eso no es normal.

Pero Carlota nunca se soba. Ella, en la habitación, escribe (escribe muchísimo: diarios de colores sobre diferentes temas, como por ejemplo, las drogas) o estudia o chatea o escucha música o lee...

Yo lo que querría ahora mismo es hablar con Carlota. Bueno, es decir, ver si Carlota me pide disculpas por lo que me ha hecho en el comedor. Así que decido llamar a la puerta, porque si entro sin avisar, se pondrá de morros.

—¡Adelante! —dice ella.

Abro la puerta y me planto en la habitación.

—Caray, Marcos, estás muy educado hoy. ¿Te encuentras mal?

Me dan ganas de gritarle que más educado que ella sí lo soy, pero no lo hago. No he venido a buscar bronca, sino consuelo. Algo que me ayude a aliviar el malestar después de un día cagado como éste.

No sé cómo decírselo. Si se lo suelto de golpe, pensará que le quiero declarar la guerra. ¡Y noooo!

—Esto... Eh... Quería decirte...

Carlota me mira, un poco picada. Cuando pone esa cara, ya sé que tiene ganas de que me vaya porque le estoy haciendo perder el tiempo.

—Vamos, microbio, arranca, que no tengo toda la tarde para ti.

¿Lo veis? Como mi madre. Ninguna de las dos tiene tiempo; siempre están haciendo mil quinientas cosas, todas a la vez... ¡Y todas bien!

Trago saliva y disparo:

—Que este mediodía, en el comedor, te has reído de mí.

Carlota, sorprendida, abre mucho los ojos:

—Hombre, ¿y qué se suponía que tenía que hacer, ir a limpiarte la pasta de la cabeza?

Me quedo a cuadros. Ésa no era la respuesta que esperaba.

—Venga, Marcos, reconoce que ha sido divertido.

—¿Divertido? —pregunto horrorizado. Y en ese momento me doy cuenta de lo que quiere decir no saber ponerse en la piel del otro. Porque realmente, mi hermana no ha hecho ni el más mínimo esfuerzo por intentarlo. Si lo hubiera hecho, sabría que...

—Divertido sólo lo ha sido para vosotros. Para mí y mis amigos ha sido... una tortura, el infierno. En fin, ¡una gran mierda!

Carlota me mira y se parte de risa.

—¡Caramba, Marcos!, cómo exageras. Siempre te lo tomas todo de la peor manera posible.

—¿Y si te hubiese pasado a ti el primer día de instituto?...

Carlota me mira y se encoge de hombros.

—¡Uf! Es que eso os pasa a ti y a tus amigos porque sois un poco pringados.

Ahora sí que me ha tocado la moral.

—Es que no somos ratas sabias como tú —le contesto enrabiado.

Carlota resopla.

—¡Jolines! Esto me pasa por escucharte. Venga, chaval, cómprate un bosque y piérdete, ¿vale?

Y me enseña la puerta para que me vaya.

Oigo que alguien llega.

—¡Hoooola! —dice la voz de mamá desde el recibidor.

«Salvado», pienso. Seguro que ella me hará caso.

Voy hacia su habitación. Mamá se está quitando la chaqueta. Cuando entro, se queda petrificada a media operación y me mira con cara de marciana. Ésa es la cara que pone cuando no entiende nada de lo que me pasa.

—Marcos, cariño, esta mañana has salido de casa arrastrando los pies y vuelves también arrastrándolos. No entiendo que a tu edad vayas por la vida como una alma en pena.

La miro, intentando poner cara de perrito abandonado (de hecho, no me cuesta mucho) para ver si le toco la fibra sensible. ¿Cómo puede ser que mi propia madre no sepa que la vida, a veces, incluso cuando tienes doce años, es muy dura?

—¿No te han ido bien las cosas en el instituto? —me pregunta mientras sale de la habitación camino de la cocina.

La sigo por el pasillo intentando no perder comba: mi madre lleva la directa puesta, como casi siempre. Y se hace difícil seguirla.

Por el camino nos cruzamos con Carlota. Mamá y ella se dan un beso rápido y Carlota desaparece por la puerta del salón.

Mamá y yo entramos en la cocina y ella se pone a preparar la cena. Yo me siento en una silla.

—¡Fatal! —le digo, a guisa de explicación—. El día ha sido un desastre.

Mamá me mira, con interés, por encima del cuenco donde bate los huevos para hacer una tortilla. Me siento reconfortado y me pongo a contarle el desastre del comedor.

Mamá ha dejado de mirarme y va batiendo huevos y pelando patatas, y limpiando la lechuga... Parece Borja, que a menudo no te mira a los ojos cuando le hablas, y le tenemos que decir: «Eh tú, mírame». De hecho, ni siquiera se lo tenemos que decir, porque ya tenemos un gesto acordado que quiere decir lo mismo. Como si hicieras la señal de la victoria, pones el índice y el corazón ante su nariz y, después, los giras hacia ti y los colocas ante tu cara, apuntando uno a cada ojo. Entonces Borja entiende que tiene que mirarte.

Mamá, sin embargo, no me mira.

—¿Me estás escuchando, mamá?

—Claro que sí, hijo: las bandejas han salido volando. ¿Y qué más?

Le acabo de hacer un informe detallado de la escena y de las burlas de compañeros y compañeras.

—¿Y ya está? —pregunta mamá.

«¡Ostras! —pienso—; ¿qué más quería que pasara? ¿Que me aplastara un camión volviendo hacia casa? ¿Que me atracaran y me robaran el reloj?»

—Sí, ya está.

—¿Y en clase todo bien? ¿Las primeras clases, sin problemas? ¿Te has podido sentar con Borja y Lucas?

Le digo a todo que sí.

—Pues, hombre, creo que ha sido un día bastante bueno.

—¡¿Bastante bueno?! —No puedo creer que esté oyendo lo que oigo—. Ha sido un día totalmente gafado. Nunca más podré entrar en el comedor sin que todo el mundo se ría de mí.

—No digas barbaridades, Marcos. No pasará nada de eso.

—Y encima Carlota...

Mamá deja el tenedor, se echa hacia atrás un mechón del cabello y me dice:

—Ya hablaré con Carlota.

Pero tengo la sensación de que lo dice para quitárseme de encima.

—Venga —dice. Y me confirma la impresión: quiere que me vaya de la cocina y la deje en paz—: No saques las cosas de quicio; no es tan grave como te imaginas.

—¡Ah! —le digo. Porque no sé qué más podría añadir.

Y decido irme a ver mi programa preferido: *Diamante el Invencible*. Sí, ya lo sé: soy muy mayor para ver esa serie de dibujos. Pero a mí me gusta, ¡qué demonios! Porque es de un superhéroe, Diamante. Al menos, me sentiré bien durante un rato.

Pero ¡no! Carlota está en el salón viendo la tele.

—¿Me la dejas un rato? —le digo

Carlota me dice que no.

—Que no, microbio, que estoy viendo un documental que me interesa mucho para una cosa que tengo que escribir. O sea que o lo miro ahora o después se habrá acabado.

—Ya... Pero con mis dibujos pasa lo mismo.

—Tus dibujos los hacen cada día, bobo. Ya los verás mañana.

«Hoy Carlota me tiene hasta el gorro», me digo sentándome en el sofá, a su lado. Veo que el mando de la tele está encima del respaldo, al lado de la cabeza de mi hermana.

Durante un rato disimulo, como si el documental fuera apasionante. De vez en cuando, Carlota me echa una mirada de desconfianza, pero al cabo de un cuarto de hora, se ha olvidado de mí. Y, entonces, yo lo aprovecho para tirarme en plancha encima del mando, cogerlo y cambiar de canal.

Carlota no se queda quieta. Se me echa encima, me hace una llave digna del mejor karateka y me deja en el suelo hecho un cuatro. Os preguntaréis cómo se lo monta. Yo también. Porque hace unos años siempre me ganaba ella a mí, pero, desde el año pasado, en que pegué un estirón, no tiene ni la más mínima posibilidad de hacerse con la victoria.

—¿Y ahora qué, burro? —me dice sentada sobre mi espalda mientras yo me trago el polvo del suelo.

No le digo nada, claro, porque no puedo.

Ella me ha cogido el mando y cambia de canal.

—¡Ja! —me grita al oído, dejándome sordo.

Unos minutos más tarde, cuando me doy cuenta de que la fuerza que hace sobre mí empieza a ser menor porque ya está absorta de nuevo en el documental, me recompongo y me levanto de un salto. Cogida por sorpresa, Carlota no tiene tiempo de reaccionar, le arrebato el mando y vuelvo a cambiar de canal.

Carlota agarra el mando con la intención de arrancármelo, pero yo no se lo pienso ceder, de manera que cada uno tira de su lado y, finalmente, el mando se cae al suelo y se desintegra en tres trozos.

—¡Estúpido, mira lo que has hecho! —dice Carlota.

—¿Estúpido, yo? ¡Pero serás burra! ¡Si ha sido culpa tuya!

En ese momento, entra mamá hecha una fiera.

—¿No podemos tener ni cinco minutos de tranquilidad en esta casa o qué?

—Ha sido él —me acusa mi hermana.

—Ni hablar: es ella, que siempre quiere tener razón.

—Me tenéis muy harta los dos: venga, cada uno a su habitación. Y no salgáis hasta la hora de cenar.

Antes de cerrar la puerta de su habitación, sin que mamá lo pueda oír, Carlota me dice:

—Metepatas, que eres un metepatas en casa y en el insti. Pronto te habrás hecho una reputación en clase.

¡Ostras!, ¡tocado y hundido!

Entro en mi habitación con un buen peso en el estómago.

—Hola, *Flop*. El que está a punto de ser el hazmerreír de todo el insti para los próximos cuatro años te saluda. El desastre más grande del universo te dice hola. El pringado más pringado de entre todos los pringados que crecen en la tierra te dice «Salud, compañero».

Desde la pecera, *Flop* me mira con sus ojos redondos y sin párpados.

—Vaaaaaaaaaaaaale. Que sí, que ya veo que tú también estás de acuerdo. Lo dices por la vez que te dejé en el fregadero de la cocina y no te pude volver a meter en la pecera, ¿verdad?

Blop, blop, blop. *Flop* me suelta tres burbujitas de aire que suben despacio.

—De acuerdo. Tú también piensas que soy un metepatas. Pero mira, que te quede claro, aquel día yo no tuve la culpa. Fue de papá, que me dijo que ya era hora de ir al colegio y que le traía sin cuidado que tú te hubieras caído en el fregadero mientras te limpiaba la pecera.

Flop se da la vuelta y mueve la cola, muy roja.

—Lo hice por ti, *Flop*. ¿No te lo crees? Si te hubiera dejado en esa agua turbia, llena de tus cacas y pipís, habría sido peor para ti. Seguro.

Los ojos de *Flop* me miran abiertos como platos. Le adivino una sonrisa.

—Ya sé que no me lo tienes en cuenta. ¿Verdad que no?... Buen chico, *Flop*.

Antes de continuar, me echo en la cama, como hacen los personajes de las películas cuando van a la consulta del psiquiatra y se tumban en el diván.

—Hoy necesito que me escuches —le digo a *Flop*, mientras contemplo el techo—, porque nadie

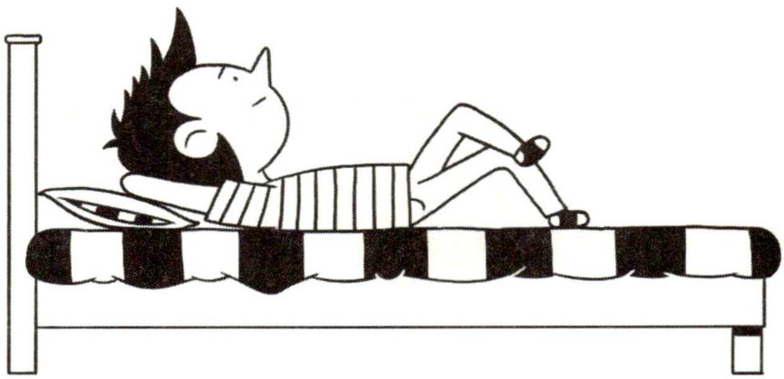

parece interesado en absoluto en lo que me pasa, ni en nada de lo que quiero contar...

¡Pef!

—¿Lo has oído, *Flop*? Un mensaje de correo electrónico. Voy a ver de quién es.

Me levanto y me acerco a la mesa de estudio. Muevo el ratón para que la pantalla se ilumine de nuevo.

—¡Un correo de Lucas! ¿Sabes qué dice el asunto? Una tarde de mierda. Pobre chico, tampoco ha sido su mejor día. ¿Qué le debe de haber pasado?

4

LUCAS Y UNA TARDE DE MIERDA

—Lucas —dice papá tocándome el pelo con cara de asco.

Es curioso que en la puerta de casa, tu padre ya se dé cuenta de que algo raro le ha pasado a tu pelo.

—Llevas algo pegado. ¿Qué es esto verde?

—Esto... Mmm...

«Seguro que son restos de puré», pienso, pero no lo confesaré ni ante mi abogado.

—¿No será caca de paloma? —dice papá.

«Qué buena», me digo. Porque me acaba de poner en bandeja una excusa de primera.

Pero justo entonces, Mireya sale de su habitación con su aspecto habitual, tan estupendo, y dice:

—Es puré de verduras.

¡Hala, venga! ¡Lo que me faltaba! Encima de traicionarme en el comedor, también lo hace en casa.

El último mohicano acaba de desenterrar el *tomahawk*, le digo con la mirada. Pero ella pasa olímpicamente de la amenaza que le lanzo con los ojos.

Se acaba el juego de miradas porque papá reclama atención:

—¿Puré de verduras? Ahora será que el puré de verduras cae del cielo, ¿no?

Yo, callado como un muerto.

Mireya:

—Sí. Has dado en el clavo, papá. Hoy en el comedor del instituto, sin ir más lejos.

Y le cuenta el episodio. Tengo que reconocer que no pone nada de mala leche. Lo describe en menos de un minuto (yo habría necesitado por lo menos quince) y no parece nada terrible contado por ella.

Papá tampoco le da ninguna importancia.

—Cosas que pasan —dice a guisa de comentario. Pero añade—: Lo que ya no es tan normal es que, tanto rato después, el protagonista tenga el pelo embadurnado de puré.

—Pues que sepas que he puesto la cabeza bajo el grifo del baño y me he lavado.

—Pues que sepas que lo has hecho fatal. Vete a la ducha.

Me voy al baño. Me meto en la ducha y dejo que el agua limpie la porquería de mi pelo. Lástima que no limpie, de paso, la porquería de mis pensamientos. Soy un desgraciado. Todo me sale mal. Ya lo dice mi abuela: «Con lo mono que eras y lo grandullón y granujiento que te has vuelto». ¡Ja, ja! Qué graciosa es mi abuela. Si me hubiera visto hoy en el comedor, quizá también se habría puesto a dar golpes en la bandeja con el tenedor. ¡Qué vergüenza tan brutal he pasado! Y encima, me he dejado unas cuantas cucharadas de puré en la mollera. Justo para que Mireya y mi padre pudieran decir que soy un cerdo.

Pam, pam, pam.

¡Oinc, oinc, oinc! ¡Soy un cerdo asqueroso! ¡Oinc, oinc!... ¡Caramba! ¿Se puede saber qué estoy haciendo?

Llaman a la puerta otra vez.

—¿Qué pasa ahora? —grito con la cabeza enjabonada y los ojos cegados.

—Hace horas que te estás duchando, ¡eso es lo que pasa! —grita papá.

«¿Horas?»

—Si acabo de entrar...

—Haz el favor de acabar ahora mismo. El agua va cara, y además, escasea. ¿O es que no lo sabes?

«Ahora quiere que te pases por agua, ahora que salgas de debajo del agua... A los mayores no hay quien los entienda.»

—Y además, ¿qué son esos ruidos tan extraños que haces?

Estoy a punto de responderle: «Oinc, oinc, oinc». Pero lo pienso mejor y sólo digo:

—Son las tuberías.

—Las tuberías... —siento que masculla mi padre con voz de no creérselo.

Cuando salgo, me encuentro a Mireya, esperando en la puerta, con el pijama y las zapatillas en la mano.

—Ya era hora, cagarruta de puré.

—¡Je, je! Eres tan graciosa que me parto el culo de risa.

—Al menos no soy un cerdo, como tú.

—Venga, aire —me despido.

Me pongo a hacer los deberes, pero claro, como es el primer día, no tenemos casi nada. Sólo tengo que rellenar una estúpida ficha para un estúpido profesor.

Cinco minutos más tarde, la ficha está acabada. No iba a durarme toda la tarde. El último mohicano se aburre. Pero no es cuestión de que salga a ver la tele. Me encantaría porque ponen *Diamante el Invencible*, que me flipa... Pero papá se pondrá de los nervios, porque tiene un concepto diferente del mío en cuanto a relajarse. Y por hoy ya hemos tenido bastantes embrollos. Decido hacerme un *tatu*.

¿Sabéis cómo se hace un *tatu*? Primero coges un rotulador negro de punta fina y te haces un dibujo, por ejemplo, en el antebrazo; ahí es donde pinta mejor. Yo me lo hago en el antebrazo izquierdo porque así me lo dibujo con la mano derecha (soy diestro).

Mi habilidad para el dibujo es bastante limitada. Dicen que soy bueno en lengua —por eso contribuyo a los cómics de Marcpower con los diálogos. Al menos me lo paso pipa inventando juegos de palabras. En cambio, Borja es una pasada dibujando. Es un *crack*. No sólo en el dibujo, sino también en todo lo que son manualidades. Y Marcos es la bomba inventándose episodios de nuestro superhéroe. Creo que cuando seamos mayores, lo editaremos y nos haremos famosos.

Como soy algo chapucero, el dibujo del muñeco malvado que estaba intentando hacer me queda un poco bizco. Lo pinto bien por dentro con un rotulador negro grueso. Y, ¡tachán!, ya tengo mi *tatu*.

«Te ha quedado genial», me felicito a mí mismo. Y me pregunto si, de mayor, no debería abrir una tienda de *tatus*, además de dedicarme a lo del cómic.

—¡A cenar! —dice papá sacando la cabeza por la puerta—. Tu hermana ya ha puesto la mesa. Luego te tocará a ti recogerla.

¡Ja! Mi padre es alucinante. Cuando mamá y él todavía no se habían separado, nunca se preocupaba por las cosas de la casa, ni tampoco de si me había ensuciado el pelo con puré. Ahora, en cambio, está en todo.

Me acerco a la mesa, bajo la mirada irónica de mi impoluta hermana: pijama de topos azul marino sobre un fondo blanco, zapatillas azul cielo y el pelo brillante recogido en una cola. ¿Por qué siempre está impecable?

Antes de sentarme, papá me agarra del brazo.

—¿Y esto qué es?

«Esto» son unas manchas negras —tres para ser más exactos— en la parte de arriba del pijama. Ahora las rayas azul marino y gris de la camiseta están, a la altura de la barriga, totalmente emborronadas.

—Agua. Debe de ser agua —digo, a pesar de que me doy cuenta de que debo de haber restregado el *tatu* del brazo por la barriga sin querer.

—¿Agua? —dice papá con incredulidad. Y la toca con las manos.

—Está muy seco. No es agua —dice sin soltarme el brazo—. ¿Qué caray...?

No acaba la frase porque se ha quedado mirando, horrorizado, el *tatu* de mi brazo:

—¿¿¿Y esto???

—Esto... Ah... Un *tatu*.

—Pero ¿tú ves lo que has hecho? Has ensuciado y quizá echado a perder la camiseta del pijama...

—¡Hala! Echado a perder... Cómo te pasas.

—No me paso ni un pelo, Lucas. El rotulador a

menudo no se va. ¿Tú crees que es normal pintarrajearte el brazo como si tuvieras cinco años? ¡Por favor, Lucas, que ya estás en primero de secundaria!

Estoy a punto de explicarle que no es lo mismo ensuciarse un brazo que hacerse un *tatu*, pero lo dejo correr. Los mayores a menudo son tan obtusos para entender este tipo de cosas... Me parece que sólo Mimí, la abuela de Borja, las pilla.

Miro a mi hermana y veo que se ríe por debajo de la nariz, la muy estúpida. Papá me mira y grita:

—Vete a la habitación. Cámbiate la camiseta del pijama. Y ponla en remojo con jabón, a ver si así se quitan las manchas.

¿Veis lo que os decía? Antes de separarse, papá nunca se habría preocupado de poner una camiseta en remojo. ¡Ahora, sí!

—¡Ah! Y límpiate ese estúpido dibujo del brazo. Y no tardes veinticinco mil horas.

Hago todo lo que papá me ha dicho y vuelvo al comedor, ahora con una camiseta de rombos naranjas encima de los pantalones de rayas azules y grises. Papá y Mireya charlan animadamente y callan cuando entro; en seguida, les da un ataque de risa.

—Hijo mío, pareces un payaso.

—Estás tan elegante... —me dice la burra de mi hermana.

—¡Y tú eres tan incordio! —le contesto.

—Procura no mancharte —dice papá mientras me sirve las patatas y las judías.

—¡Ags! ¡Verdura otra vez! —me quejo—. No la soporto.

—Pues te conviene —replica papá—. Te pongo poca, pero un poco tienes que comer.

Y me como el primer plato con asco pero sin manchas. ¡Bien!

Papá me mira con suspicacia.

—¿Qué? —le digo, desafiante—. No me he manchado.

Papá hace un gesto con la cabeza y me sirve el huevo frito.

Me encantan los huevos fritos, no como la verdura.

Mojo un trozo de pan y, justo cuando estoy a punto de ponérmelo en la boca, ¡plaf!, una gota enorme, pringosa y amarilla se cae encima de mi camiseta de rombos naranjas.

—Ya te has vuelto a manchar —dice papá casi sacando espuma por la boca—. ¿Es posible que hagas algo sin ensuciarte?

—¡Eres un cerdo! —me espeta Mireya.

—¡Eres un auténtico cerdo! —remacha papá—. ¿No podrías ser pulido como tu hermana?

Mireya me mira con cara de «aprende de mí».

Ostras, ¡no la soporto! Me encantaría echarle lo que queda de huevo frito por la cabeza.

—¡Venga! —dice papá—. Acábate el huevo, cómete la fruta y ve a cambiarte otra vez.

Cuando salgo, camino de la habitación, me recuerda:

—Y deja el pijama en remojo.

5
EL CLUB DE LOS MALDITOS

—¡Maldita hermana! —digo en el momento en que apoyo el pie en la rama más alta y cojo impulso para subir a la plataforma.

Las caras de Borja y Lucas aparecen entre las hojas verdes. Me miran sin mostrar sorpresa; estamos de acuerdo, claro: hermanos y hermanas son un palo.

Acabo de subir y me siento en la plataforma de madera que tenemos en lo alto del castaño de Mimí.

—¿Quieres una, Marcos? —dice Borja, ofreciéndome una castaña.

—Para castaña, mi hermana —digo cogiendo la que me da mi amigo y partiéndola con los dientes. Escupo un trozo de cáscara y continúo—: Es inaguantable.

Borja y Lucas me miran y asienten.

—Me gustaría que se fuera a vivir a otra casa —digo, y en seguida me lo repienso—. No. Lo mejor sería ser hijo único.

—¡Eso sería fantástico! —exclama Borja—. Yo me apunto.

—¡Y yo! —dice Lucas—. ¿Dónde hay que firmar?

Borja lo mira, perplejo.

—¿Firmar? No pensarás que hay algún sitio donde puedas pedir que se lleven a los hermanos y hermanas... ¡Ah!, una metáfora, ¿no?

—¡Exacto! Una manera figurada de decir que a mí también me encantaría poderme quitar de encima a mi hermana, igual que a Marcos.

—Pues no os olvidéis de mis hermanos —dice Borja.

No creo que mis amigos me puedan ayudar mucho, porque ellos ya tienen su propia ración familiar, pero al menos, vacío todo lo que llevo en la cabeza.

—Carlota es uno de los problemas más gordos que he visto en mi vida. ¿Que no le interesan las mismas cosas que a mí? ¿Y qué? ¿Qué culpa tengo yo si me gustan los cómics, a ver?

Lucas y Borja me dan la razón, a pesar de que Lucas es de los que también leen libros largos y complicados. Pero, como a Borja y a mí, le gustan los cómics y le flipan los superhéroes. ¿Y qué pasa? ¿Qué pasa si nos encanta *Diamante el Invencible*?

—¿Y qué piensas que me pasa a mí con la plasta de Mireya? ¿Si a mí me gustan los bocadillos, y a ella, las ensaladas? ¿Y qué pasa si ella no tiene barriga y yo sí?

Y mientras lo dice, arruga la nariz y saca hacia afuera su barriga, que, con los años, se ha vuelto bastante gorda. Es porque le gusta mucho comer y bastante poco moverse.

Borja y yo lo miramos. Tenía mejor pinta en primaria. No estaba tan gordo. No tenía tantos granos...

Lucas nos devuelve la mirada:

—¿Qué culpa tengo yo de ser gordo?

Me gustaría decirle que, hombre, un poco sí tiene, porque siempre come bocatas de crema de chocolate, bebe refrescos azucarados, no come fruta ni verduras y apenas prueba el agua. Además, nunca anda ni corre ni juega al fútbol... Por eso, algunos idiotas de nuestro curso lo llaman «la bola de grasa».

Pero me callo y no le contesto nada, porque es nuestro amigo y tenemos un pacto de lealtad.

—¿Y qué culpa tengo yo de ser el hermano de una tía que parece una saltimbanqui, que se le dan bien todos los deportes, desde patinar hasta ir en bici, hacer gimnasia artística o natación sincronizada?

Mentalmente veo a Mireya, la mejor amiga de mi hermana. Van juntas desde que eran pequeñas y se conocieron en el colegio de primaria donde antes iban ellas dos, nosotros tres y donde van también los dos hermanos gemelos de Borja. Es una chica guapa, lo tengo que reconocer, pero a veces, un poco borde. A mí siempre me lo había parecido, pero antes, Lucas no estaba de acuerdo conmigo. Y es que no hace ni dos años, Lucas estaba que no cagaba con ella, nada que ver con lo que pasa ahora.

—Todo el mundo le ríe las gracias...

Borja no habla. Está encerrado en sí mismo.

Borja hace esto bastante a menudo: de repente, parece que haya desaparecido y se haya refugiado en su interior. O sea que está, pero es como si no estuviese con nosotros. Como si se hubiera cerrado en una habitación invisible y se hubiera aislado.

Cuando pasa esto, a veces Lucas y yo intentamos hacerlo salir de su habitación invisible, pero, otras veces, lo dejamos en paz, porque notamos que no quiere que nadie lo moleste. ¿Cómo lo sabemos? Pues no lo sé, pero lo sabemos.

—¡Eh, Borja! ¿A ti qué te parece?

No contesta en seguida. Todavía tiene que atravesar la puerta invisible.

—¿Borja? ¿Qué hacen tus hermanos?

Nuestro amigo parpadea.

—Ostras, ¡mis hermanos! Vosotros no sé de qué os quejáis. Al menos sólo tenéis una hermana. Yo, en cambio, tengo que aguantar a un hermano repetido.

Se refiere a los gemelos, Daniel y Gabriel.

—Mis hermanos sí que son unos auténticos pelmazos, unos auténticos espabilados... Y lo peor es que consiguen que cualquier parida la pague yo. Ellos siempre parecen angelitos, y yo, un idiota empanado.

Pienso en uno de sus hermanos. Y sólo hace falta que me imagine uno, porque están repes. Son idénticos. El mismo pelo, que se les empina sobre la frente por culpa de un remolino. Las mismas cinco pecas en la nariz. Y la misma risa diabólica de «ahí te he fastidiado».

—Son mucho peores que vuestras hermanas... —continúa nuestro amigo—. «Borja me ha hecho daño, Borja me ha escondido el coche de bomberos, Borja me ha quitado el caramelo, Borja me ha dicho "tonto del culo"...» Ayer por la noche, por ejemplo, ¿queréis saber qué pasó?

Lucas y yo le decimos que sí con la cabeza.

—Ayer por la noche para cenar había crema de calabacín.

—Crema de mierdacín —rectifica Lucas, que es el rey de los juegos de palabras.

—Sí, sí, así es como la llamamos en casa también.

—La crema de mierdacín es vomitiva —digo yo.

—¡Ags! Repugnante —dice Lucas, poniéndose dos dedos en la boca y haciendo el gesto de vomitar.

—Sí, asquerosa. Pues estábamos cenando en el comedor: Daniel y Gabriel sentados en las sillas junto a la pared, y yo, a su lado. Nadie quería comer el mierdacín, pero mamá nos obligó y se fue a la cocina a rebozar el pescado. Mientras, los tontos de Gabriel y Daniel no paraban de sacarme la lengua y hacerme muecas. Me dio un ataque de risa y, como tenía la boca llena de mierdacín, me salió disparado un chorro verde...

—¡Debías de parecer Shrek! —le digo.

—Eso mismo. Y la pared del comedor también quedó del color de Shrek.

—Ja, ja, pintada con mierdacín...

—Sí, se quedó hecha un asco. Y lo peor es que, cuando mi madre salió de la cocina para saber qué pasaba y vio lo que ocurría, me hizo responsable del follón.

—¿Y los granujas de tus hermanos?

—Le decían que había sido todo por mi culpa. Que ellos habían estado comiendo sin hacer el burro. Y era verdad que ya se habían acabado la crema de mierdacín. De verdad, que no sé cómo se lo habían montado.

—¿Y?

—Mi madre me castigó a mí porque dice que yo soy el mayor. Decía: «Venga, Borja, que ya estás en primero de secundaria, en cambio, tus hermanos, sólo están en primero de primaria». Ésta es una manía de los padres y madres: pensar que el mayor siempre tiene la culpa de todo.

—¡Anda! ¡¿Qué dices?! En mi casa, siempre me cargan a mí el muerto. Como soy el pequeño, se ve que soy el único que hace barbaridades —le digo.

—¡Es verdad! —salta Lucas—. En la mía, ¿quién se la carga siempre que hay un desastre? Yo, claro, porque soy el pequeño.

—Sea como sea, siempre pringamos —dice Borja—. Y encima, los demás se chotean. Como pasó ayer por la noche, que los gemelos no paraban de reírse de mí mientras limpiaba la pared. Porque, evidentemente, mi madre me dio un trapo húmedo y me puso a limpiar la mancha.

—Ya pasa —dice Lucas.

—Somos malditos por culpa de nuestros malditos hermanos y hermanas —declaro solemnemente.

—Tendríamos que hacer algo.

—Sí, pero ¿qué?

—¿Comprarles un billete a Australia?

—No, de verdad: tenemos que pensar algo que nos ayude.

Durante unos instantes no decimos nada. Sólo comemos castañas, porque el castaño de Mimí está lleno de ellas. Y Mimí nos las deja coger. Sólo nos dice que no comamos muchas porque luego tendremos estreñimiento. Es decir, que las castañas hacen un tapón y no puedes hacer caca.

Lucas me saca de mis pensamientos cuando dice:

—¿Sabéis qué parecemos?

—¿Qué? —respondemos Borja y yo a la vez.

—Los tres mosqueteros.

—¿Tú crees? —pregunta Borja, no muy convencido.

Yo tampoco sé de dónde saca ese parecido. Por lo que tengo entendido, los tres mosqueteros llevaban espadas y sombreros con pluma.

—Sí, hombre. Me refiero a que somos tres amigos y nos tenemos unos a otros.

Anda, pues tiene razón. No sé cómo no habíamos caído antes.

—¡Eh! Es verdad: «Uno para todos y todos para uno». Casi podríamos decir que ése es nuestro lema, ¿no?

—Sí —digo yo muy animado—. ¿Y sabéis qué os digo? Que podríamos formar una sociedad secreta.

—¿Una especie de club? —pregunta Borja.

—Exacto. Nuestro club.

—O sea —dice Lucas—, «El Club de los Malditos».

—¡Eh! ¡Claro! Es un nombre muy acertado.

Borja nos mira fijamente.

—No es mala idea. Al menos sería un club a nuestra medida.

—Exacto: sería un club sólo para malditos, *friquis* y pringados, como nosotros tres. Alguien que no fuese pringado o *friqui* no podría entrar en nuestro club.

—Y ¿qué tenemos que hacer para formarlo?

Nos miramos los tres desconcertados.

—No lo sé. ¿Tener unas normas?...

—Primera norma: no pueden formar parte del club ningún hermano ni hermana.

—¡Naturalmente!

—Ni padres, ni madres...

—Ni chicos idiotas o matones...

—Ni las chicas, porque casi todas son cursis y pánfilas...

Nos miramos porque no sabemos qué más añadir.

—¿Y qué más se necesita para formar un club?

—Un lugar para reunirnos, quizá —dice Lucas.

—Ya lo tenemos: aquí, en el castaño de Mimí —digo señalando la copa frondosa que nos rodea.

Y es que el castaño, donde nos encontramos muchas tardes, es uno de los mejores escondrijos de la Tierra. Nos lo cedió ya hace dos años Mimí, una tarde después de pelearse, una vez más, con una inmobiliaria. Resulta que muchas inmobiliarias la persiguen porque quieren convencerla de que venda la casa, una casa de dos pisos con patio trasero donde está el castaño. Mimí dice que no la piensa vender ni por todo el oro del mundo, porque le gusta mucho y no quiere verla convertida en un edificio de pisos. Y, sobre todo, porque no quiere que su castaño sea sacrificado. Así que la tarde de esa pelea monumental decidió dejarnos el árbol para que fuera nuestro lugar de reuniones. Borja, que es un manitas, colocó una pieza de contrachapado que nos sirve de plataforma.

—Pues el lema lo tenemos también: «Uno para todos y todos para uno», como los mosqueteros.

Los tres, contentísimos, chocamos los cinco.

—Y ahora, sólo nos queda hacer la promesa de lealtad.

—¿Y eso cómo se hace?

—Es evidente: escupimos saliva en la palma, y después, nos damos la mano para sellar el pacto.

—¡Genial! —dice Lucas. Y se llena la boca de saliva hasta que acumula mucha. Después se echa un buen escupitajo en la mano y nos la muestra para que hagamos lo mismo.

—¡Ags! —dice Borja—. Da un poco de asco, ¿no?

Lucas se pone serio.

—¿Queréis hacer la promesa del Club de los Malditos sí o no?

—Sí, claro que sí —digo. Y escupo en la mano.

Borja, a pesar de sus aspavientos, hace lo mismo.

Lucas, que al parecer ha estado pensando, propone:

—Pongámonos saliva en las dos manos, y después, nos las cogemos como si hiciéramos un corro. Así, haremos la promesa los tres a la vez.

Escupimos ruidosamente en la mano no pringosa.

—Ahora, démonos las manos y digamos: «Uno para todos y todos para uno». De este modo nos estamos diciendo que nos seremos leales y que siempre podremos contar unos con otros.

—¿Pase lo que pase? —pregunta Borja.

—Pase lo que pase —respondemos Lucas y yo a la vez.

Nos damos las manos, pringosas y húmedas. Yo procuro no pensar que la saliva de los demás me da un poco de asco. Y por la cara que pone Borja, me parece que él también trata de quitárselo de la cabeza.

—¡Ya está! —nos avisa Lucas, que ha dirigido la ceremonia—; ya somos el Club de los Malditos.

—¡Genial! ¿Y ahora qué? —pregunta Borja.

Nos miramos los tres con cara de merluzos.

No tenemos ni idea. ¡Eso está claro!

—¡Yujuuuuu! ¿Queréis merendar? —dice la voz de Mimí desde abajo.

6

¡JUSTICIA! ¡QUEREMOS JUSTICIA!

—¿Merendar? —dice Borja muy despectivamente—. Eso es de niños pequeños...

Lucas arruga la nariz.

—Hombreeee. De pequeños... No te pases. Yo, concretamente, tengo mucha hambre, ¿sabes?

—Pero si te has puesto hasta el culo de castañas, Lucas. ¿Cómo puede ser que aún tengas hambre?

—¡Pues sí, tengo! ¿Bajamos?

—Venga, vamos —digo y le doy un golpecito a Borja en el brazo para que no se pique.

Al pie del árbol nos espera Mimí toda vestida de violeta: vestido violeta oscuro, medias violeta claro con topos negros, zapatos morados y un sombrero hecho con diferentes piezas de tela de distintos tonos de violeta. Mimí lo hace a menudo, eso de vestirse toda de un color. Dice que lo elige en función del ánimo que tiene.

—¿Hoy tienes un día violeta? —le pregunto.

—Mmm... Sí. Violeta. Es el color de la creatividad y de la sabiduría. Hoy me siento así. Y tenéis suerte, porque por esta razón os he hecho un pastel.

—¿De color violeta?

—No, pero con violetas por encima.

—¿Violetas de verdad? —pregunta Borja, que pone cara de no saber si se trata de una de esas metáforas que no caza.

—Violetas de azúcar —explica Mimí mientras empuja la pesada puerta de madera que da a su casa.

Como siempre, dentro huele distinto. Distinto a otras casas, quiero decir. Huele a... Mimí, que es una mezcla de flores, chocolate, mar y...

—¡De sol! ¿No creéis que huelo a sol? —dice.

Parece que me ha leído el pensamiento, aunque me consta que eso es imposible, a pesar de que Mimí es capaz de muchas cosas, la mayoría extrañas.

—Pasad y poned platos y vasos en la mesa —dice, mientras nos hace entrar en la cocina, donde, sobre la mesa de madera, hay una bandeja redonda con un pastel que dice «cómeme», y arrinconadas en uno de los extremos de la misma mesa, un montón de cosas de lo más extraordinarias: un mineral de color violeta —quizá lo ha puesto porque hace juego con el humor que tiene hoy—, una flauta travesera, una

postal del Tíbet, un pintalabios —no sé si es violeta, porque no me atrevo a abrirlo—, un llavero sin llaves y una llave sin llavero, un termómetro y una pluma de pavo real.

—¡Jolín! ¡Qué pinta tiene el pastel! —dice Lucas colocando los vasos que le voy pasando mientras Borja saca los refrescos de la nevera.

—Habrá que comprobarlo —dice ella mientras mete un dedo en el borde del pastel y lo saca lleno de chocolate. Lo lame con los ojos cerrados, como si se estuviera concentrando, y añade—: ¡Buenísimo! Digno de un día violeta. Venga, manos a la obra.

Yo con Mimí alucino pepinillos. Siempre hace cosas que los mayores no hacen nunca. Lucas debe de estar pensando lo mismo que yo porque le dice:

—Tú, que siempre haces cosas... mmmm... diferentes a las demás personas mayores, ¿qué piensas de los *tatus*?

—¡Los *tatus*! Me gustan mucho los *tatus*. Yo llevo uno en el culo.

Lucas da un brinco y parece estar a punto de desmayarse. ¡Una abuela con un *tatu* en el culo! ¡Eso sí que es insólito!

—Que os lo diga Borja, que me lo ha visto muchas veces, ¿verdad, Borja?

Borja dice que sí, que lleva un símbolo extraño.

—Es un signo que significa «alegría» en japonés.

Entonces, nos sentamos a la mesa mientras ella se prepara un té.

—¿Alguna novedad allí arriba en el árbol?

Nos miramos sin saber si le tenemos que contar o no que hemos creado un club.

Y justo entonces suena el viejo teléfono negro que ha colgado en una de las paredes de la cocina, sobre la tostadora.

Mimí descuelga el auricular.

—Aquí Mimí. ¿Quién habla?

—...

—¿Cómo dice?

—...

—¿Quiere decir que me ha llamado para volverme a dar la vara con la cuestión de la casa?

Los tres la miramos con ansiedad. La situación es angustiante porque, si Mimí se vende la casa, no tendremos árbol para reunirnos. Y, además, porque Mimí no tendrá casa donde vivir, claro. Confiamos en su fuerza. A pesar de que, a juzgar por cómo le habla a la persona que está al otro lado del teléfono, más bien tendría que decir que confiamos en su furia.

—Ya le he dicho muchas veces que la ca-sa-no-es-tá-en-ven-ta —explica recalcando bien cada sílaba como si quien está al otro lado fuese un poco corto de entendederas—. Pues claro que me da igual el dinero que me ofrezca: no la vendo.

Los tres respiramos aliviados. ¡Qué bien que lo tenga tan claro!

—¿Sabe qué le digo? Que me deje en paz y que no me vuelva a molestar más.

—...

—Es usted un impertinente. ¿Qué se ha creído? ¡Invadir mi espacio y, encima, insultarme! Mire qué le digo: al final, a cada cerdo le llega su San Martín.

Y cuelga el teléfono con un golpe seco y brusco.

—Me ha llamado «vieja loca», el muy estúpido y caradura —nos explica.

Ninguno de los tres Malditos osamos abrir la boca: parece estar muy enfadada. Tiene las mejillas enrojecidas y los ojos chispeantes. Precipitadamente, coge la taza de té y bebe un trago.

—¡Ags! Se ha enfriado por culpa de ese carcamal... Bien, ¿por dónde íbamos?

—Es que no sabemos si te lo tenemos que decir o no —dice Borja.

—¡Jolines, Borja! —salta Lucas.

Mientras Lucas se queja por su falta de prudencia, yo le doy un puntapié en la pierna al bocazas de Borja.

—¡Eh! ¿Y ahora por qué me das una patada? —me pregunta.

Mimí interviene:

—Lo ha hecho para que supieras que lo que acabas de decir te lo podrías haber ahorrado. Porque, por tu indiscreción, ahora no tenéis más remedio que contármelo.

—No veo por qué no. Además, de Mimí nos podemos fiar —dice Borja.

—Tú siempre te fías demasiado de todo el mundo.

—¡Eh, eh! —nos para Mimí—. Que yo no soy todo el mundo, aparte de que no os he traicionado nunca, ¿eh? Además, que si de verdad no queréis, no hace falta que me lo contéis.

Lucas se lame el chocolate de alrededor de los labios y se encoge de hombros:

—Por mí te lo podemos decir.

—Y por mí.

—Pues yo también estoy de acuerdo.

—Pues, venga, ¡disparad! —nos anima ella.

Nos miramos los tres, para ver quién se lo cuenta.

—Que acabamos de fundar un club —dice Borja.

—Una gran idea —opina ella.

—Pero es un club secreto —dice Lucas.

—Seré una tumba, nadie lo sabrá —nos tranquiliza.

—Es el Club de los Malditos —añade Lucas.

Mimí finge atragantarse con el té.

—Ejem... ¿Los Malditos? Qué fuerte, ¿no? ¿Y por qué os consideráis malditos?

—Pues...

Se ve que nos da un poco de repelús explicarlo, al fin y al cabo, ella es la abuela de Borja, pero también la de Daniel y Gabriel, de modo que no podemos esperar que entienda nuestras quejas.

—De acuerdo —dice Borja, después de mirarnos y de que Lucas y yo le hagamos que sí con la cabeza—. Te lo contamos: somos malditos por culpa de nuestros hermanos y hermanas.

Mimí, contrariamente a lo que podíamos esperar, no se nos lanza a la yugular para decirnos que nos dejemos de historias y que tener hermanos y hermanas es fantástico. En vez de eso, dice:

—Os entiendo. A mí, mi hermana también me hacía la vida imposible cuando tenía vuestra edad.

La miramos con los ojos saliéndonos de las órbitas.

—Bueno. Vaya —rectifica—, cada día no, pero algunos días sí.

—Como la mía —digo—. También me toca las narices unos días sí y otros no.

—Y la mía —suspira Lucas.

—Además —añade ella dirigiéndose a Borja—, es verdad que los gemelos son bastante tocanarices y que a menudo te cuelgan el mochuelo y te toca pagar a ti lo que han hecho ellos.

—¡Caray, abuela! ¿Y tú como lo sabes?

—¿Qué te crees, que no tengo ojos para verlo, rey?

—Pensaba que los mayores no os dabais cuenta.

—Sí, hombre. ¿Crees que los mayores nos chupamos el dedo?... Bueno, así que el Club de los Malditos tiene un plan para poner a tono a hermanos y hermanas.

Volvemos a mirarnos.

—Pues la verdad es que no tenemos ninguno —admitimos.

—Ah. ¿Y pensáis quedaros aquí quietos como muertos? Algo tenéis que hacer, ¿no? Al menos, que sepan que no os pueden molestar impunemente.

—¿Qué quiere decir «impunemente»? —pregunto.

—Sin riesgo a que les pase nada —contesta el *crack* de los juegos de palabras.

—Bien explicado —dice Mimí mientras se levanta para dejar su taza de té en el fregadero—. Y es verdad: es una injusticia que ni siquiera sepan que os están haciendo pasar malos ratos.

—Una auténtica injusticia —dice Lucas, levantándose también para ayudar a recoger la mesa.

Cuando salimos al patio para volver a nuestro árbol, Lucas, muy inspirado, grita a los cuatro vientos:

—¡Justicia! ¡Queremos justicia!

Borja y yo lo secundamos y gritamos también:

—¡Justicia! ¡Queremos justicia!

Cuando ya estamos en lo alto de nuestra plataforma, bajo las hojas verdes del castaño, decidimos que hay que encontrar un plan para hacer justicia.

—Una vez —dice Borja—, vi una peli en la que un hombre, que estaba muy enfadado con otro, se le echaba encima con el coche.

—Ya, pero nosotros ni conducimos ni tenemos coche.

—Y nuestras hermanas tampoco.

—Es verdad.

—Tendremos que pensar otra táctica.

Después de cavilar un poco, yo también he recordado una escena de una película. Se la cuento:

—... Y el hombre se escondía detrás de la puerta

con un cuchillo y, cuando pasaba el otro tipo, ¡zas!, se lo clavaba.

—¿Y lo mataba? —pregunta Borja, horrorizado. Ahora me doy cuenta de que me he pasado.

—Sí.

—Hooombre, pero nosotros no los queremos matar, ¿eh? —dice Lucas.

—Es verdad. Sólo queremos que se den cuenta de que lo pasamos mal cuando nos hacen putadas.

—Hay que pensar otro plan.

Durante unos minutos, nos concentramos sin decir ni media palabra. Se oyen los ruidos de la calle: coches que pasan, voces de la gente que anda, un perro que ladra. Cuando estamos en el árbol, me da la sensación de que estamos en otro mundo, pero, en realidad, continuamos en nuestra ciudad, como siempre.

—¡Tengo una idea! —dice Borja—. Mi psicóloga dice que hay que conocer los propios puntos débiles. O sea, esas características de ti mismo que te hacen más vulnerable.

—¿Y «vulnerable» qué es?

—Es... que... Te lo explico con un ejemplo: si yo me caliento en seguida y salto a la más mínima provocación, ése es mi punto débil porque hace que los otros me puedan provocar.

—O sea que, si conoces los puntos débiles del otro, te puedes aprovechar.

—¡Exacto! Y si conoces los tuyos, puedes estar al acecho y no dejar que los otros se aprovechen.

—¡Genial! Sólo tenemos que vigilar a nuestros hermanos y hermanas para conocer cuáles son los suyos.

—A Mireya y Carlota las podemos observar mañana —les digo— porque han quedado para estudiar en casa.

—En cambio, a mis hermanos, los tendré que espiar yo solo...

—¡Pero tú puedes, Borja!

7
BORJA Y EL MIEDO

No me gusta escribir. Que quede claro. Pero no tengo más remedio que hacerlo. Tengo que explicar el seguimiento que hago de los gemelos.

Después de cenar, cojo una libreta y un lápiz. Me voy a la sala. Apunto:

Observación de Gabriel y Daniel:

1. Ven la tele.

2. Ven una película de niños pequeños.

(¿Eso es un punto débil? Probablemente, no; ellos son pequeños.)

3. Tienen los ojos muy abiertos. La boca también.

4. No se mueven.

5. No hablan.

(¡Qué palo! No me convence tener que averiguar los puntos débiles de los demás.)

6. La peli se ha acabado.

7. Daniel se da la vuelta y me mira.

—¿Quieres ver *Diamante el Invencible*? —pregunta Gabriel.

¡Ostras! ¡Qué simpático!

—¡Sí, claro! —le digo.

Y en mi hoja de observaciones, escribo:

Fin de la observación.

Me olvido de los gemelos y me pongo a ver el nuevo episodio de *Diamante el Invencible*. Es buenísimo, el tío. *Diamante el Invencible* tiene poderes en los ojos. Son éstos:

1. Ve a través de las paredes.
2. Con la mirada puede fundir cualquier material.
3. Cerrando los ojos, dispara rayos galácticos.
4. Sus ojos descodifican cualquier lenguaje.

O sea, una pasada.

De repente, ¡pam! Un cojín pasa volando y cae sobre mi cabeza.

¡Lo sabía! Es imposible ver un episodio de *Diamante el Invencible* sin que los memos de mis hermanos me incordien.

Les tiro el cojín. Le doy a Gabriel en la cara.

—¡Me las pagarás! —dice.

Y recibo una lluvia de cojines. Todos los del sofá.

Los gemelos están detrás del sillón. Se han quedado sin proyectiles.

Me sumo a la guerra. Les devuelvo los cojines con fuerza, pero el respaldo del sillón es alto. Los protege bien.

Los oigo reír. Tienen un ataque de risa. Y yo estoy cada vez más enfadado. Me parece que no sé cuál es su punto débil. En cambio, ellos saben cuál es el mío. ¡Mierda!

Están contentos.

—¡Borja se pone como una moto!

—¡Borja es un burro!

Están tan contentos que no me tiran los cojines. Los lanzan hacia arriba.

—¡Viva! —dicen.

¡Ellos sí que son burros! Uno de los cojines cae justo encima de un jarrón.

¡Crash!

Se ha roto.

Daniel y Gabriel salen del escondrijo. Ponen cara de susto.

—¡Mirad lo que habéis hecho, estúpidos!

¡Es... era el jarrón preferido de mamá!

Me levanto para recogerlo. Quizá pueda pegar los trozos y repararlo. Pero no tengo tiempo de coger ninguno. Entra mamá con cara de susto.

—¿Qué ha pasado? ¿Os habéis hecho daño?

Eso de las caras, lo he trabajado.

Por ejemplo:

1. cara de susto: los ojos bastante abiertos, las cejas bastante rectas, la boca con labios y dientes un poco abiertos. O sea, la que han puesto los gemelos cuando se ha roto el jarrón. La que ha puesto mamá cuando ha entrado.

¿Qué pienso yo? ¡Uf! Pobre mamá, ahora el corazón se le debe de estar ya calmando. Lo digo porque cuando me asusto, el corazón me late muy de prisa. Yo sé que cuando el corazón me late a cien mil por hora, no es porque esté a punto de salirme volando por la boca, sino porque tengo miedo. Si me tranquilizo, el corazón se va calmando.

Entonces mamá nos mira a los tres. Me consta que los tres hijos le importamos más que los jarrones. Ve que estamos bien. Y pone cara de estar contenta.

2. cara de estar contenta: ojos normales, las cejas ya no tan rectas sino un poco curvadas y la boca sonríe.

¿Qué pienso yo? Mamá se ha relajado. Quizá se había imaginado que nos tendría que llevar al hospital. Y ya ha visto que no. Cree que es para celebrarlo, naturalmente.

Pero ve el jarrón. Y se queda pasmada. O sea que pone cara de sorpresa. Como si no se lo pudiera acabar de creer.

3. cara de sorpresa: los ojos muy abiertos, las cejas muy arriba y la boca abierta.

¿Qué pienso yo cuando mamá tiene cara de sorpresa? ¡Ay, ay, ay! Porque, claro, no es una sorpresa buena (hay sorpresas buenas y hay sorpresas malas). Las sorpresas malas acostumbran a tener malas consecuencias.

Mamá recoge tres trozos de jarrón. Los tres más grandes. Los mira con pena.

4. cara de pena: las cejas rectas, los ojos un poco empequeñecidos, y la boca con las comisuras hacia abajo.

¿Qué pienso yo cuando mamá tiene cara de pena? Intento imginar qué me pasa a mí cuando algo me pone triste. Pienso: ¿y si me hubieran roto el póster de *Diamante el Invencible*? Caray... habría sido un desastre.

—¡Qué desastre! —dice mamá, coincidiendo conmigo—. Mi jarrón preferido. Era de mi abuela, niños. ¿Se puede saber cómo se ha roto?

Señalo el cojín. La cara de mamá cambia. Ahora tiene toda la pinta de estar muuuuuuy enfadada.

5. cara de estar enfadada: las cejas se juntan en la parte de encima de la nariz, las aletas de la nariz se hinchan un poco, los labios están un poco abiertos y los dientes, apretados.

¿Qué pienso cuando mamá tiene cara de enfadada? Ahora viene la bronca.

Señalo a toda prisa a los gemelos.

—Culpa suya.

Daniel y Gabriel se miran con los ojos muy abiertos. Ponen cara de buenos niños. Si tenéis algún hermano o hermana pequeño, seguro que sabéis qué cara es. Cara de pícaro.

—¡Que no, mamá! —dice Gabriel.

—¡Ha sido culpa de Borja!

¿Culpa mía? Entonces me enfado. Muuuuucho. Tanto que no controlo. Y cuando no controlo, ya la he cagado.

Me pongo a gritar como un descosido:

—No es verdad. ¡Mentirosos! ¡Cretinos! ¡Imbéciles!

Y unas cuantas cosas más que no repito; no hace falta.

—¡Borja, basta! No quiero oírte hablar de ese modo.

El problema es que estoy encendido. Y cuando estoy encendido, ya no pienso: sólo actúo. Y me tiro sobre los gemelos. Les quiero demostrar lo que opino de su alta traición.

—¡Cretinos e imbéciles! —digo, sin dejar de zurrarlos.

—¡Basta, Borja! —grita mamá.

Que alguien grite todavía me pone más nervioso. Así que no paro.

Entonces, mamá deja de gritar. Los gemelos también. Y yo me freno. Miro a mi alrededor. Mamá me coge del brazo.

—Más vale que vayas un rato a tu habitación, Borja —dice.

No quiero irme. Primero le tengo que explicar que la culpa es de los gemelos.

Ella dice que no, que ya se lo contaré en la habitación. Me voy a la habitación. Cojo uno de mis cómics preferidos. Me echo en la cama. Poco a poco, me siento mejor.

Entra mamá. Se sienta en la cama. Me pone la mano en el brazo. Se lo retiro. No me gusta que me toquen. Mamá sí lo puede hacer. Pero no cuando estoy enfadado.

—A ver, Borja, ¿qué ha pasado?

—Que los gemelos son unos idiotas.

Mamá suspira.

—Han roto tu jarrón preferido —le digo.

—¿Han sido ellos?

—Sí.

Mamá no dice nada. Piensa.

—De acuerdo. Pero tú eres mayor. ¿No podrías haberlo evitado?

¿Lo veis? Siempre me la cargo yo.

Durante un rato, mamá y yo hablamos.

—Ahora voy a meter a tus hermanos en la cama. Estate tranquilo, ¿eh, Borja?

—Sí.

—Mírame para decírmelo.

La miro un nanosegundo:

—¡Sí!

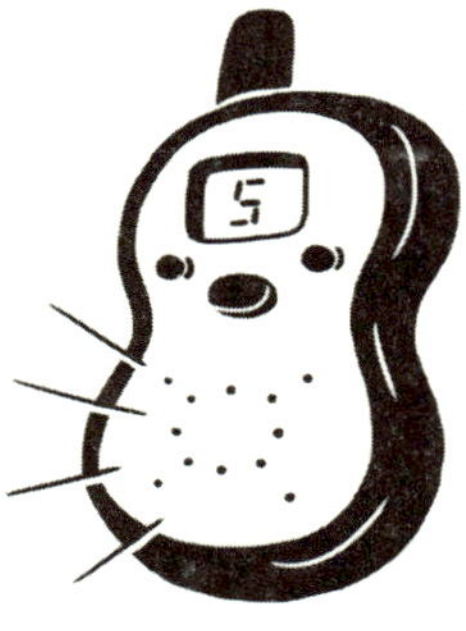

Y mamá sale. Trastea en la otra habitación.

Me quedo un rato echado en la cama y mirando mi pecho, que se hincha y se deshincha al respirar. Entonces, me siento tranquilo.

Me levanto para ponerme el pijama. También para encender mi fantástico aparato de vigilancia. Es un receptor. El emisor lo tengo en la habitación de mis hermanos, pegado en los bajos de la cama de Gabriel. Es un interfono que usaban mis padres cuando los gemelos eran pequeños. Ahora es mío.

Observación de Gabriel y Daniel 2 (hecha sólo con los oídos, con la ayuda del intersono):

1. A la vez, dicen: Buenas noches, mamá.

2. No se oye nada.

3. No se oye nada.

(Quizá se ha estropeado el intersono. O quizá se han dormido.)

(¡Ahora oigo que hablan!)

4. Gabriel dice: Daniel, ¿estás despierto?

5. Daniel dice: Sí.

6. Gabriel dice: ¿Has oído ese ruido?

7. Daniel dice: ¿Cuál? ¿Uno como de pasos?

8. Gabriel dice: Sí. Alguien camina.

9. Daniel dice: ¿Quieres decir por nuestra habitación?

10. Gabriel dice: Sí.

11. Daniel dice: ¿Un monstruo?

12. Gabriel dice: Quizá sí.

13. Daniel dice: Es culpa de la oscuridad.

14. Gabriel dice: Sí. Tengo miedo.

13. Daniel dice: ¿Llamamos a mamá?

14. Gabriel y Daniel llaman: ¡Mamáaaaaa! ¡Veeeeen!

Fin de la observación.

¿Resultado de la observación? El punto débil de mis hermanos es el miedo a la oscuridad. ¡Ja, ja! ¡Los he pillado!

8

¡MARCPOWER AL RESCATE!

Aprovechando que no tengo nada que hacer me decido a ir a espiar a Carlota.

La puerta de su habitación está entreabierta. Pego la oreja, a ver si me entero de qué hace.

Un minuto más tarde, como no hay manera de saberlo, me decido a entrar en la habitación del enemigo. Me tumbo en el suelo y, reptando sigilosamente como un *sioux*, penetro por la abertura estrecha que deja la puerta a medio abrir.

Continúo reptando en silencio hasta llegar detrás de la silla donde está sentada Carlota, trabajando en el ordenador.

Levanto la cabeza para ver a mi hermana y... Nunca diríais lo que me pasa: que ella me está observando a mí, sentada en la silla y con la cabeza torcida.

—¿Se puede saber a qué juegas, bobo? ¿Imaginas que te has convertido en una anaconda o algo por el estilo?

Disimulo (que es algo que no se me da muy bien).

—Esto... No... Estaba imaginando lo que tendría que hacer si hubiese un incendio en casa y no pudiese ir andando. Por el humo, ya sabes a qué me refiero.

Carlota me mira, realmente alucinada.

—Caray, chico, me parece que te falta un tornillo.

Me levanto y salgo de la habitación con aires de dignidad ofendida, que es una pose que he aprendido de mi hermana.

Me voy al baño y me miro en el espejo. De entrada me veo un grano en la barbilla. ¡Ags, los granos! Sin duda, lo peor de crecer. Y eso que yo no tengo tantos como Lucas... Aparte de verme el grano, me miro al fondo de los ojos. Y allí veo a Marcpower.

¡Hasta mañana, Malditos!
¡Qué suerte! Ya estás en casa.
Ni que nosotros viviéramos en Pekín...
¡Mierda!
¡Marcpower, tú puedes!
¡Mamá!

¡Viva!
¡Flop!
¡Auxilio!

Marcpower, ¡sálvame!
¡Marcpower al rescate!
Perdóname todo lo que te he hecho... Yo, yo... ¡he sido una estúpida!
Marcpower salva a todo el mundo, incluso a las malas.
MP

Nuestra casa...
¡Nos ha salvado Marcpower!
?

—¡¡¡¡Marcooooooooooooooooooooooooos!!!!

Miro a mi hermana, que está en la puerta del baño. Me pregunto si se ha vuelto loca.

—¿Se puede saber por qué gritas de esta forma? ¿Crees que estoy sordo?

Mi hermana me echa una mirada enfurecida. Si las miradas pudiesen pulverizar, yo me habría convertido en un montoncito de polvo.

—Hace horas que te llamo, chaval. Y tú, en las nubes.

9

MI HERMANA TIENE NOVIO

En el autobús, yendo hacia casa a espiar a Carlota y Mireya, el Club de los Malditos hablamos de las observaciones de Borja.

—¡Jolines, qué minucioso! —dice Lucas.

—¿Minucioso? —le pregunto.

—Sí, detallista.

—Y eso del interfono, ¿qué es?

—Es esto —dice Borja.

Nos enseña un aparato que lleva en el bolsillo.

—Nos servirá también para vuestras hermanas.

—¡Ostras! Qué gran idea.

Borja, a menudo, tiene ideas distintas a las de los demás, pero, a menudo también, son muy interesantes.

—A ver si su punto débil también va a ser el miedo.

—Sería mucha casualidad —dice Lucas.

No digo nada, pero pienso que quizá no es una casualidad, sino que todo el mundo tiene miedo de algo, porque me consta que Borja también tiene miedo a la oscuridad, y yo, a las abejas. A lo mejor pensáis que soy un cagado, pero desde aquella vez que una abeja me picó en el pie... Eh, ya lo sé, la culpa fue mía por ir descalzo por aquel campo de hierba. Pues desde que la abeja de las narices me dejó un pie que parecía una pelota de *rugby*, me dan miedo.

—¿Y tú ya sabes qué harás para hacerles pasar miedo a tus hermanos?

—¡Por supuesto! He construido un muñeco para darles un susto que recordarán toda su vida. Se lo pondré en la habitación a oscuras y creerán que es un monstruo. A ellos, los monstruos les dan mucho miedo —dice Borja. Y se queda unos segundos pensativo—. Bueno. Y a mí también un poco. Quizá nos viene de familia...

—Venga, y ahora, a espiar a nuestras hermanas —digo.

—¿Seguro que estarán en tu casa? —pregunta Borja.

—Segurísimo. Las oí cuando quedaban.

Al llegar, la puerta de la habitación de Carlota está cerrada.

Mamá sale a recibirnos y avisa:

—Carlota está estudiando con Mireya. No las molestéis, ¿de acuerdo?

—De acuerdo. Además, nosotros también tenemos que estudiar.

—Sí. El examen de inglés —dice Lucas, y saca de la mochila un libro roñoso que parece tener unos cuantos meses de curso cuando en realidad sólo tiene unas cuantas semanas.

Mamá lo mira con repelús. Después pone la mirada sobre las manos de Lucas: llenas de tinta.

—Me parece que deberías lavarte las manos, Lucas.

—No hace falta. No me molesta llevarlas así —dice.

—A ti quizá no, pero a mí, sí. ¡Y mucho!

Lucas entiende que no tiene más remedio que ir al baño y se lava las manos, pero cuando sale, siguen más o menos tan sucias como antes.

—Ya se sabe —le explica Lucas a mamá—: La tinta no se va así como así. Si vierais la parte de arriba de mi pijama...

Mamá mueve la cabeza y dice que quizá se las tendría que limpiar con lejía.

Pero yo veo que tira la toalla.

—Bueno. Me tengo que ir. ¿Puedo confiar en vosotros?

—¡Claro!

Mamá suspira, como si esto no fuese creíble, y llama a la puerta de la habitación de Carlota.

—¡Carlota!

Mi hermana abre la puerta y asoma la nariz.

—Me tengo que ir. Os quedáis solas en casa con Marcos y sus amigos.

Carlota nos echa una mirada asesina. El Club de los Malditos le aguanta la mirada y se la devuelve, cargada de malas intenciones.

—Espero que no hagan el imbécil... —dice la simpática de mi hermana.

—No. ¿A que no? —dice mamá.

Nosotros ponemos cara de niños buenos y respondemos que no.

Carlota nos mira de soslayo, como si calibrara todo lo que puede pasar quedándose sola en casa con nosotros tres.

—Muy bien. A ver si no nos tocáis las narices.

Mamá pone los ojos en blanco.

—No sé de quién me puedo fiar menos —murmulla.

Carlota cierra la puerta. Y nosotros, después de decirle adiós a mamá, nos metemos en mi habitación.

Oigo a mamá marcharse.

—Ya estamos solos —dice Lucas—. Ya puedes sacar el interfono...

—No servirá de nada porque, ¿ves?, tiene dos

piezas: una es el emisor y la otra es el receptor. Con el receptor oiremos los sonidos que envía el emisor.

—Ya lo pillo: y para oír algo, el emisor tiene que estar donde estén Carlota y Mireya.

—Exacto.

—Pues tenemos que conseguir que salgan de la habitación.

—¿Y cómo lo haremos?

—Podríamos decir que hay un incendio en casa...

—Me parece a mí que no se lo van a creer —digo—, porque eso lo usé una vez con Carlota. Y claro, ahora ya no cuela.

—¿Y si decimos que hemos visto una rata?

—¡Uf! No vendrán —dice Lucas—. A mi hermana no le gustan nada.

—Además, tampoco sé si se creerán que en casa haya una.

—¡Ya lo tengo! —dice Borja, muy inspirado—. Les podemos decir que está saliendo por la tele ese actor que les gusta tanto... ¿Sabéis a quién me refiero? He visto que Carlota tiene un póster de él colgado en su habitación.

Entonces me acuerdo. Sí, un tío de pelo negro ondulado y ojos azules casi transparentes. Tiene cara de bobo, pero a mi hermana se le cae la baba cuando lo ve.

—Me parece una buena idea. Si esto no las hace salir de la habitación, no lo conseguiremos con nada.

—Muy bien, pero, una vez fuera, se darán cuenta en seguida de que les hemos tomado el pelo.

—Con que las entretengáis un momento, yo ya tendré tiempo de dejar el emisor en la habitación —nos asegura Borja.

Espero que Borja lo pueda hacer en un tiempo récord, porque, si lo pillan, nos la cargaremos los tres.

Lucas y yo vamos a la sala de estar y Borja se queda en la habitación, atento para no perder ni un segundo.

Enciendo la tele y busco algún canal con un programa de entrevistas. A ver si cuela.

—¿Ahora? —dice Lucas.

—No. Esperemos a los anuncios.

En cuanto sale el primer anuncio de jabón de lavadora, nos ponemos a gritar como locos el nombre del actor.

Inmediatamente oímos que se abre la puerta de la habitación.

—¿Dónde? —berrea Carlota.

—En la tele —digo, a pesar de que me gustaría mucho decirle que justo pasa por debajo de nuestra ventana.

Oímos cómo corren por el pasillo y en seguida las tenemos encima.

—¿Dónde está?

—Ahora mismo le estaban haciendo una entrevista. Pero en este momento se ha terminado.

—¡Jolines! ¡Qué mala suerte! —se queja Mireya.

Carlota nos echa una mirada de desconfianza.

—No será una de tus bromas, ¿no, Marcos?

Le digo que no.

—Espera un poco, igual vuelve a salir.

Se sientan en el sofá. Lucas y yo nos miramos. Seguro que, entretanto, Borja tiene tiempo de colocar el interfono en la habitación de Carlota.

En la tele siguen con la publicidad. Y cuando se termina, empieza una serie.

—¡Ostras! Lástima...

—Caray, Lucas. Mira que eres tonto —dice Mireya—. Podrías habernos avisado antes, ¿no?

—Lo hemos hecho en cuanto se nos ha ocurrido... Ay, quiero decir, en cuanto lo hemos visto —dice, a punto de meter la pata.

—Nos tendremos que conformar con el póster —dice Mireya, que no se ha dado cuenta de nada.

—En todo caso, gracias por avisarnos —dice Carlota.

—De nada, de nada.

La puerta de la habitación de mi hermana se cierra detrás de ellas.

—Por poco la pifias —le digo antes de irnos a toda pastilla hacia mi habitación, donde Borja nos espera sentado en la cama.

—¿Qué? —le digo—. ¿Todo bien?

—Muy bien —dice. Y señala el interfono sobre mi escritorio.

—¿Ellas nos pueden oír? —pregunta Lucas hablando muy flojo.

—No, no te preocupes. Nosotros a ellas sí, pero ellas a nosotros no.

—¡Genial!

Nos sentamos mirando fijamente el aparato. Pero no se oye nada.

—¿Seguro que lo has instalado bien? —pregunta Lucas, que no se fía mucho.

Borja se pica:

—Hombre, claro que sí. No tiene ninguna dificultad. Además, si no te gusta cómo lo hago, otro día vas y lo haces tú.

—Venga, callaos, que si hablan no las vamos a oír.

Pero siguen sin decir nada. De repente se oye una risa tonta.

—Es Carlota. Conozco su risa.

Después, más risas.

Y de nuevo, silencio.

Unos minutos más tarde, de nuevo, muchas risas un poco histéricas.

—Están tontas —dictamina Borja.

—No lo están, lo son.

Entonces oímos:

—¡Hala tía, eso no, venga!

Y más risas.

Nos miramos desconcertados.

—El interfono va muy bien si la gente habla, claro —avisa Borja—. Pero si no dice nada...

—Pues al menos deberíamos conseguir ver qué hacen, porque si no, esta observación será un fiasco.

—¿Y si llamamos para que nos abran?

—¿Y de qué nos servirá? Suponiendo que nos abran, ya no estarán haciendo lo que hacían y no nos servirá de nada.

—¡Ya lo sé! —dice Borja señalando la puerta de mi habitación—. Como las puertas no llegan hasta el suelo, las podemos espiar pasando un espejo por debajo.

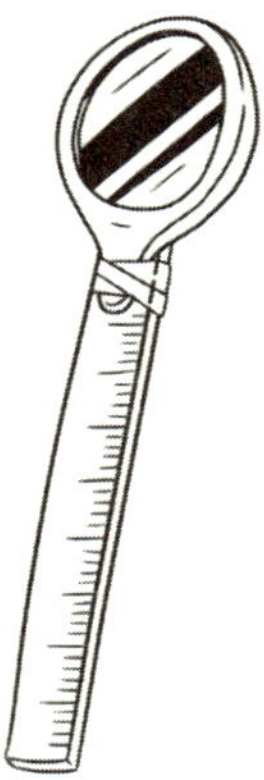

—¿Un espejo?

—¿No tienes un espejo pequeño?

—Sí. Me parece que en el baño hay uno. Lo voy a buscar. Sé que mamá lo guarda en una bolsita negra que hay en un estante del baño.

Lo encuentro y se lo doy a Borja, que hace uno de sus montajes: lo sujeta bien con cinta adhesiva en el extremo de una regla de plástico. Parece un retrovisor, para entendernos.

—¡Manos a la obra! —nos dice.

Cuando estamos delante de la puerta de Carlota, Borja se echa al suelo y nos hace una señal para que le acerquemos el espejo. Entonces, pasa la regla por debajo de la puerta de modo que el extremo con el espejo quede en la parte de dentro, y lo inclina un poco. Con la cabeza a ras de suelo, mira hacia dentro mientras mueve la regla.

—¿Las ves? —murmullo.

—Todavía no. Espera —cuchichea.

Y continúa moviendo la regla por debajo de la puerta.

—Ahora sí —avisa.

—¿Y qué hacen?

—Están sentadas delante del ordenador.

—Quizá sí están estudiando...

—Estudiar no da risa —dice Borja.

—¿Qué hay en la pantalla?

—No lo veo.

—Déjame mirar a mí —le digo. Y me tumbo con él en el suelo, justo al lado de la rendija que deja la puerta, y le cojo la regla. Muevo la regla como si fuese un retrovisor, sólo que en este caso no sirve para mirar atrás, sino para mirar más allá.

—Están chateando —digo.

—¡Vaya descubrimiento! —dice Lucas—. Que chatean como posesas es algo conocido. Eso no nos dice nada de sus puntos débiles.

—Volvamos a la habitación —digo.

Una vez dentro, nos sentamos en la cama dispuestos a pensar una nueva estrategia.

Una explosión de risa nos coge por sorpresa.

—¡Jolín! —dice Borja, que se ha pegado un buen susto.

—¡Chist! —replica Lucas—. Callaos; ahora sí que hablan.

—¡Qué mono! —dice Carlota.

—¿Quién debe de ser mono? —pregunta Borja.

—Seguro que habla de un chico. Cuando le gusta un chico, mi hermana —explica Lucas, haciendo el burro, con caídas de ojos y moviendo las manos como si fuese un títere— dice que es muy mooono.

—Sí, las chicas son así de pánfilas. Llaman monos a los chicos...

—Las chicas son bobas. No hay nada que hacer.

—¡Chist! Callad, que no las oímos.

—¿Has visto lo que te acaba de escribir? —dice Mireya muy alterada—. ¡Eso quiere decir que le gustasségurísimo!

—¿Veis como se trata de un chico? —dice Lucas.

—Silencio —les digo.

—¡Hala! ¿Tú crees? —pregunta Carlota.

—¡Que sí, tía! ¿No ves que tiene ganas de salir contigo?

—¡Uau! —ruge Carlota, como si fuese un animal de la selva.

Y unas risas histéricas nos ensordecen totalmente, y es que los tres tenemos las orejas pegadas al interfono.

Me pongo un dedo en los labios para que nadie hable; debemos oír bien lo que dicen.

—¿Y qué le dirás?

—Mmm... ¿Y si le digo algo para que vea que sí que quiero encontrarme con él en el parque?

—Pero sin que sepa que te gusta, ¿no? ¿No te morirías de vergüenza si Isaac lo supiera?

—No lo soportaría —dice Carlota—. Me daría algo si se enterara. Haría el ridículo más espantoso.

Miro al Club de los Malditos con una sonrisa que me ocupa toda la cara:

—¿Lo habéis oído?

—Que el chico se llama Isaac. Sí.

—No, hombre. Y todo lo demás.

—Sí, claro. ¿Y qué?

—¿Cómo que y qué? Ya tenemos su punto débil: el miedo a hacer el ridículo.

—Especialmente con los chicos.

—Pues ya sabemos qué tenemos que hacer.

—Hacer que hagan el ridículo, naturalmente.

—¿Y qué le escribirás? —dice Mireya.

La voz que sale del interfono nos hace callar.

—Sólo eso: que quiero encontrarme con él en el parque.

—Pues queda con él en los columpios. Sé por experiencia que es un buen sitio.

Durante un rato, aparte de sus risas estúpidas, no se oye nada de nada, hasta que por fin, Mireya dice que tiene sed.

—Yo también —coincide Carlota—. Vamos a beber algo.

—Ésta es la nuestra —dice Borja—. Podemos ir a cotillear lo que estaban chateando.

—Hagamos esto —le digo—: Nosotros vamos a su habitación y tú ve a la cocina para entretenerlas un rato.

Borja desaparece por el pasillo y nosotros corre-

mos a ponernos delante de la pantalla del ordenador. Nos encontramos la página de Facebook de Carlota abierta. En un lado están los nombres de las personas conectadas al chat, pero Carlota, claro, ha cerrado su conversación.

—¿Y ahora cómo vamos a saber con quién estaba hablando?

—Un tal Isaac —digo—. Miremos a ver cuántos Isaacs hay.

—No debe de haber muchos, es un nombre poco corriente.

Efectivamente, sólo hay un Isaac y aún está conectado. Abrimos la conversación de nuevo y...

—Esto es un tesoro de los buenos, ¿eh? —dice Lucas.

—¡Ya ves!

Isaac dice:

¿Qué haces mañana por la tarde?

Carlota dice:

Nada.

Isaac dice:

¿Nos vemos?

Carlota dice:

¿Dónde?

Isaac dice:

¿En el parque?

Carlota dice:

OK. ¿En el banco de los columpios?

Isaac dice:

OK. ¿A las 6 te va bien?

Carlota dice:

Perfecto. ☺

Isaac dice:

Pero ven tú sola.

Carlota dice:

👍

Carlota dice:

Hasta mañana.

—¡Ostras! Qué superdescubrimiento —le digo a Lucas—. Mi hermana tiene novio. O al menos, medio novio.

Justo en ese momento, aparece en la pantalla:

Isaac dice:

¿Estás aquí? 😐

—Acabo de tener una idea. Hagamos como que somos ellas —digo. Y me pongo a escribir.

Carlota dice:

¡Sí! ¡Qué ganas de que llegue mañana!

Isaac dice:

😖

Carlota dice:

Tengo ganas de verte.

—¡Ostras! —digo—. ¡No dice nada! Se ha quedado pasmado.

En ese momento, Lucas, que está detrás de mí, me coge el ratón y pone un emoticono.

Carlota dice:

♥

—Ji, ji, ji. —Lucas y yo nos partimos el culo de risa.

Isaac dice:

Hasta mañana.

—¿Y ahora qué? Si lo ven, nos matarán —dice Lucas.

—No hace falta que lo vean —le digo—. Cerramos la conversación como ha hecho Carlota y ya está.

Lo damos por acabado y vamos a la cocina a ver por qué tardan tanto.

Nos encontramos a Carlota y a Mireya hablando con Borja.

—No hace falta que se lo digas tú —está diciendo mi hermana—. Si nos das su teléfono, los llamamos nosotras.

—¿A quién tenéis que llamar? —pregunta Lucas.

—Eres un cotilla —se queja Mireya.

—A los gemelos —dice Carlota.

—¿Y por qué queréis hablar con ellos?

—Porque los necesitamos para una obra de teatro que estamos preparando en el centro cívico —explica Carlota con voz de aburrimiento.

—¿Y de qué hacéis? ¿De brujas? —pregunta Lucas.

—¡No, estúpido! Es una obra que no entenderías. Tus neuronas no dan para tanto.

—Intenta explicármelo, nena —dice Lucas en plan chulo.

—¡Venga, déjame en paz!

—El caso es que necesitamos a unos gemelos.

—Y precisamente, el hecho de que Gabriel y Daniel sean idénticos nos va perfecto para nuestro espectáculo.

—A ellos les encanta hacer el payaso. Seguro que os dicen que sí.

Entonces, ellas se van a su habitación, y nosotros, a la nuestra. Le contamos a Borja lo que acabamos de hacer.

—¡Ostras! ¿O sea que Carlota se encontrará con el chico que le gusta y cree que él no sabe que a ella le gusta, pero sí lo sabe? ¡Qué fuerte!

—Y hará un ridículo que te cagas —dice Lucas—. A ella, que le aterra el ridículo...

Los tres nos ponemos a reír como hienas.

Carlota saca la cabeza por la puerta:

—¿De qué os reís, microbios?

—De ti —le digo.

—Ay sí, qué gracia —dice ella, que se lo toma a broma.

El Club de los Malditos nos partimos de risa todavía más.

—Sois imposibles —dice Carlota—. Mireya y yo nos vamos.

Cuando oímos el portazo, Borja salta como si tuviese un cohete en el culo:

—Voy a recuperar mi emisor —nos avisa.

Cuando mis amigos se van, me siento de muy buen humor, como hace días que no me sentía.

Por la noche, miro a *Flop*, que da vueltas por la pecera.

—¿Lo ves, *Flop*? Ahora Carlota sabrá lo que es bueno.

Flop me mira y suelta tres burbujas pequeñitas.

—¿No te gusta lo que pensamos hacer? Pues mira, yo creo que se lo merece.

Flop pega media vuelta y me da la cola.

—Vale, si no quieres saber nada de mí, me voy a buscar un poco de chocolate.

Pero antes de salir de la habitación, oigo el «ping» de un mensaje electrónico que entra en mi bandeja de correo. Debe de ser Borja, que nos ha dicho que esta noche se motivaría y nos enviaría un resumen de cómo le había ido con los gemelos.

10

BORJA Y UN PLAN TORCIDO

Hala, a escribir. ¡Uf! ¡Qué palo! En fin, ¡me pongo!

Mi monstruo cabeza de serpientes. Da un miedo que te cagas. Creo... A mí me daría, si no supiera que sólo es un muñeco. Lo llamo «cabeza de serpientes» porque en lugar de pelo tiene serpientes. ¡Ags! ¡Qué bestia! Y si me mira, me quedo de piedra.

¡No me lo he inventado del todo! Lo he sacado de los griegos. Más o menos, vamos. De la mitología, más concretamente. Tenían un personaje: la Medusa, un monstruo con serpientes en lugar de pelo.

A mí, esto de la mitología me interesa mucho. Pero no lo comento nunca con nadie, porque a nadie le importa un pepino. La mitología es... una manera que tiene la gente de explicarse el mundo a base de historias. Por ejemplo, los griegos decían que si el dios del mar —Poseidón— se enfadaba, el temporal estaba asegurado.

Volvamos al monstruo cabeza de serpientes. ¡Me ha quedado muy bien! Ahora me hago el chulo, ¡je, je! De eso se dice que no necesitas abuela. La primera vez que me lo dijeron, no lo entendí. Me lo explicaron. Eso quiere decir que las abuelas siempre creen que lo que haces está bien. Menos la de Lucas —pienso yo—, que desde que se ha hecho mayor, lo considera un desastre. Y si yo digo de mí mismo que soy fantástico, no hace falta que mi abuela me lo diga. ¿Queda claro?

El caso es que el monstruo cabeza de serpientes está sobre mi escritorio. Colocado aquí, es casi tan alto como yo. ¡Y yo soy alto! Lo enfoco con la lámpara de sobremesa.

Estoy acabando los últimos retoques. Ahora mismo le pinto los ojos con pintura fosforescente. ¡Que se preparen los gemelos! Verán dos ojos como de gato en su habitación. Y un monstruo en la puerta listo para atacarlos. ¡Ja, ja!

Éste es mi plan:

1. Los gemelos se meten en la cama.
2. Mamá les da las buenas noches.
3. Los gemelos empiezan a hablar de pasos, voces, respiraciones...
4. Los gemelos ven sombras, luces...
5. Aquí entro yo en acción: me aseguro de que ni papá ni mamá están cerca.
6. Cojo el monstruo cabeza de serpientes y lo empujo hasta la puerta de la habitación de los gemelos.
7. Hasta aquí, la luz del pasillo está apagada.
8. Empiezo a hacer ruidos extraños. Por ejemplo: ah, ah, ah (es ruido de respiración asmática, por si no lo pilláis).
9. Los gemelos empiezan a preguntar quién hay ahí.
10. Enciendo la luz del pasillo.
11. Los gemelos ven el monstruo cabeza de serpientes y se quedan sin palabras.
12. Desde el pasillo, río con una risa oscura: ¡jo, jo, jo! (me sale muy bien, porque estoy entrenado).

13. Los gemelos se cagan de miedo y llaman a mamá. E incluso, quizá se meen encima.
14. Antes de que mamá aparezca, me llevo al monstruo cabeza de serpientes hacia mi habitación.
15. Meto al monstruo dentro del armario y me pongo a leer.
16. Mamá les dirá a los gemelos que no hay nadie.
17. Los gemelos saben que lo han visto con sus propios ojos. Y se pasarán la noche temblando de miedo.

¡Ja, ja, ja! Lo tengo todo muy planeado. No puede fallar.

¡Ostras! ¡Acabo de tener una idea brillante! ¡Brillantísima! Cogeré una pinza extraña que tiene mamá para leer en la cama. Es una pinza que se sujeta en la tapa del libro. La pinza tiene una especie de antenas que puedes doblar. Al final de las antenas hay dos bombillas pequeñas. Las enciendes con un botoncito que tiene la pinza y ya puedes leer sin molestar a quien esté al lado —en el caso de mamá, papá, claro. Bueno, eso es lo que hace mamá cuando no puede dormir.

Pues voy a la habitación de mis padres y cojo la pinza. Después, la sujeto en una de las tiras de la nuca del monstruo cabeza de serpientes. O sea, la pego en una de las serpientes. Lo veo clarísimo: cuando tenga al monstruo delante de la habitación de los gemelos y haya hecho eso de la respiración asmática, enciendo las luces y los gemelos todavía se escagarruzarán más.

Ya estoy en la habitación de mis padres. No tengo ningún problema para localizar la pinza. La cojo. Compruebo que la luz funciona.

¡Perfecto! Salgo de la habitación para acabar de poner a punto mi plan...

Y... ¡jolines! Lo que veo me pone todos los pelos del cuerpo de punta. El corazón me late muy muy de prisa, tanto que me parece que me saldrá disparado por la boca. Las manos se me quedan húmedas de sudor. Y tengo la boca seca, con la lengua pegada al paladar...

¡Delante de mí hay un monstruo ENORME! Ocupa toda la pared del pasillo, desde el suelo hasta el techo. Es negro, cuadrado y tiene... ¡serpientes en la cabeza! ¡Es exactamente mi monstruo, pero de una medida al menos diez veces más grande!

Tengo tanto miedo que la pinza de leer de mamá se me cae al suelo. No me puedo ni mover. Querría gritar, pero no lo consigo.

¿Qué voy a hacer si el monstruo me ve? No podré huir hacia mi habitación porque él está justo delante de la puerta. Y tampoco puedo ir a la sala porque el monstruo me cierra el paso.

Las piernas casi no me aguantan. Es como si se me hubieran vuelto de algodón.

Me parece que el monstruo se ha movido. ¿Y si viene hacia aquí? ¿Y si me ataca? ¿Y si me rapta?

—¡Socorro! ¡Auxiliooooo!

Ya me sale la voz. ¡Menos mal!

Oigo a mamá, que viene corriendo. Pasa por delante del monstruo sin hacerle ni pizca de caso. Detrás de ella aparecen los gemelos.

—¿Qué pasa, Borja? —pregunta mamá. Y me abraza.

Yo también la abrazo, temblando.

—El monstruo... —le digo.

—¿Qué monstruo, Borja? —pregunta mamá.

—No hay ningún monstruo, grandullón —dice Daniel.

—Sí que hay uno. ¡Mirad!

Y señalo al monstruo negro de la pared del pasillo.

Mamá se echa a reír.

—¡Borja! Pero si no es ningún monstruo... Es una sombra...

—¿Una sombra? ¿De qué? —le pregunto sin creerla.

—Una sombra... de algo que hay en tu habitación.

Los gemelos han entrado antes de que pudiese detenerlos.

—De esto —dice Gabriel con el monstruo cabeza de serpientes cogido en brazos.

¡Caray! En ese momento lo veo tan claro que me da mucha rabia no haberme dado cuenta antes. Era

la sombra que provocaba mi monstruo desde la habitación. ¡Qué burro he sido! Por eso ahora el monstruo de la pared ha desaparecido.

Justo mamá me lo está explicando:

—Claro, Borja. La luz le debía de dar de lado y proyectaba una sombra muy grande. No ha sido nada, Borja.

—¡Gallina! —dice Gabriel.

—¡Caguetas! —dice Daniel.

Y así es como acaba mi magnífico plan: con los gemelos riéndose de mi miedo.

¡Ah! Y encima, mamá me regaña porque encuentra su pinza de leer en el suelo de pasillo.

Definitivamente, soy un Maldito, pienso, mientras veo que los gemelos se llevan a mamá. Se ve que tienen que acabar de decidir cómo prepararán el disfraz que necesitan para participar en la obra de Carlota y Mireya. ¿Y yo? Pues que me zurzan, claro. Menos mal que tengo al Club. ¡Es mi único consuelo!

11

IR POR LANA Y SALIR TRASQUILADO

—Venga, Lucas, ve más de prisa, que al final llegaremos a la cita después que Carlota e Isaac...

Lucas a veces parece una tortuga con una pata rota.

—Yo lo que no veo claro es dónde nos esconderemos para poderlos oír y ver sin que ellos nos vean a nosotros —dice Borja.

—Es muy fácil. En la caseta de madera que hay en la zona de los columpios y los toboganes.

Borja me mira con cara de no enterarse.

—Seguro que no podremos oír nada —dice.

—Que sí. Ése es el mejor lugar para espiar a las parejas que se sientan en el banco.

—Y se creen que nadie los ve... Pero están equivocados. Ja, ja —ríe Lucas—. Desde la caseta tienes una vista inmejorable. Es como...

—Es como estar en la cofa de un barco vigilando.

Borja nos mira, sorprendido.

—¿Así que ya lo habéis hecho otras veces?

—Bueno...

—Alguna...

—Venga, que ya estamos, y no hay enemigos en la costa —digo yo, que me he sentido trasladado a los tiempos en que me gustaba jugar a ser el pirata Rackman. Era muy divertido ser el pirata Rackman, pero ahora eso me parece de niños pequeños; es mucho mejor Marcpower, nuestro superhéroe.

Subimos por la escalera de madera que lleva hasta la caseta. Yo subo el primero. Borja también llega arriba sin problemas. Lucas se para a media escalera.

—¿Estáis seguros de que esto aguantará mi peso?

Es cierto que los largueros se curvan bajo sus deportivas megagigantes.

—Venga, sube de una vez y calla, hombre.

—Es que me parece que somos demasiado grandullones para estar aquí —dice.

Y cuando entra en la caseta, se demuestra que tiene bastante razón. Aquel espacio está pensado para criaturas que hagan menos bulto. Nos sentamos en el suelo con las piernas dobladas y las rodillas tocándonos la barbilla.

—Esto parece una lata de sardinas —se queja Borja.

—No te quejes. Es el precio que tenemos que pagar para hacer de espías y aplicar nuestro plan.

—De momento, a mí esto de hacer de espía y aplicar planes me sale de pena —se queja Borja.

—¡Eh, anímate! Esta vez nos saldrá bien —le digo—. Yo ya me imagino la escena. ¿Vosotros no?

—Sí. ¡Perfectamente! —dice Lucas—. Yo, si fuese el tío, le diría: «¿O sea que te gusto, eh? No digas que no, porque tengo la prueba escrita». Y sacaría una hoja donde estaría impresa la frase de Carlota en el Facebook.

—Querrás decir nuestra frase, ¿eh?

—Eso, la nuestra. Y Carlota, muerta de vergüenza. ¡Brutal!

—Quizá sólo le dice: «Así que, tal como me dijiste por Facebook, te gusto, ¿no?». Y con eso, Carlota tendrá bastante para querer evaporarse del ridículo que estará haciendo. ¡Ja, ja!

—O todavía mejor, quizá le dirá: «Mira, me parece muy bien que yo te guste, pero tú a mí no me gustas. O sea que...».

—¡Eh! ¡Eso sería genial!

—¡Chist! —dice Lucas, que está mirando por entre los tablones—. Me parece que viene Carlota.

Borja y yo buscamos rendijas por donde mirar.

—Es ella, sí —confirmo.

En dos segundos, mi hermana ya está en el banco que tenemos casi debajo de la caseta.

Se levanta y se sienta dos veces, como si no tuviera claro cómo está mejor.

—Está nerviosa —dictamino en voz muy baja.

Entonces suena un móvil y nos miramos los tres horrorizados.

—¿Alguien ha traído un móvil? —pregunta Lucas en voz muy baja.

Pero no hace falta que contestemos porque oímos a Carlota, que dice:

—Que sí, pesada, claro que sí.

—...

—Te llamaré en cuanto vuelva a estar sola, pero ahora cuelga, que no quiero que me pesque hablando contigo.

Mi hermana se sienta otra vez y se muerde una uña. O quizá es una piel. No lo veo muy bien. En todo caso, eso quiere decir que está como un flan, porque Carlota nunca se muerde ni pieles ni uñas. Ella, ya lo he dicho otras veces, es la bomba y siempre está convencida de lo que hace.

—Eh, se acerca un tío de unos diecisiete o dieciocho años —avisa Borja, que es el único que está vigilando de verdad.

El chico llega hasta el banco y Carlota se levanta para decirle hola. Él le da dos besos.

—Esos besos no son para nada de novio, ¿eh? —dice Lucas.

Quizá no lo son, pienso yo, pero está claro que Carlota no se los esperaba y no sabe cómo reaccionar; se ha quedado de piedra. No es propio de ella. Está claro que este chico le mola muchísimo...

Mi hermana se queda sonriente y, superado el momento de indecisión, le devuelve los dos besos.

Se sientan en el banco.

—Fue genial hablar contigo el otro día por el Facebook.

Carlota pone cara de sorpresa:

—Sí, lo fue. Pero ya lo habíamos hecho otras veces.

—Sí, pero ésta fue especial.

Dentro de la caseta, los Malditos nos miramos con los ojos brillantes:

—¡Ahora es el momento!

Oímos a Carlota que dice:

—¿Especial? ¿Especial por qué?

—Pues... —El chico se la queda mirando a los ojos como si eso fuera suficiente para explicarlo. Pero, finalmente, añade—: Hasta entonces, no me habías dicho nunca que yo te gustaba.

Los Malditos nos damos codazos unos a otros: estamos a punto de presenciar el desastre.

—¿Que yo te dije qué? —pregunta Carlota. Y me parece que se ha puesto pálida.

—Que te gustaba —dice el chico con una voz poco audible. Y me parece que él también se ha quedado blanco como el papel.

Se miran sin saber qué decir.

Y yo pienso que esto no va como nosotros nos habíamos imaginado.

El chico traga saliva y respira hondo. Mientras, Borja y Lucas miran la escena con la boca abierta, como si estuvieran en el cine.

—A mí me pareció genial que lo escribieras, porque si no no me habría atrevido nunca a decírtelo yo también.

Carlota se lo queda mirando con cara de pánfila.

—¿Quieres decir que...?

—Que me gustas, claro —dice él, ahora con más voz que antes.

Entonces el chico se acerca mucho a Carlota y le da un beso en los labios.

Los Malditos nos miramos sin podernos creer lo que pasa.

—¡No fastidies! —dice Lucas.

Y se le abren tanto los ojos que parece que se le van a caer. Borja tiene la boca abierta de la sorpresa. Y yo me siento el más estúpido de la Tierra.

—O sea —resume Lucas—, que se lo escribimos para chinchar y la frase le resuelve la vida.

—Exacto, Lucas —le digo—. Somos Malditos de verdad.

Mientras, los dos de abajo han pasado de los besos discretos a los besos de tornillo.

—Y encima, tenemos que aguantar la sesión —se lamenta Lucas.

—Parece una peli porno.

—Hombre, tampoco te pases...

—Son besos asquerosos, ¿no creéis?

No sé qué decir. Carlota tiene pinta de estar pasándoselo de miedo con esos besos de tornillo. ¡La muy...!

—Me parece que ya se van —nos avisa Lucas.

Pero sólo se va el chico. Carlota se queda sentada en el banco con cara de merluza. Cuando él ya ha desaparecido, mi hermana coge el teléfono.

—¡Tíííía! —dice Carlota—. No te lo vas a creer.

—...

—¡Que sí! Es tan monooooooo.

—...

—Resulta que hubo un malentendido con algo que escribí en el chat, pero ha salido bien.

—...

—Que sí, pesada, que ahora te lo cuento.

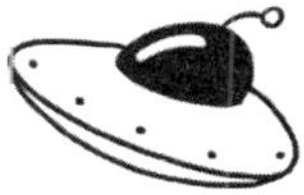

12

¡MARCPOWER AL RESCATE!

—¿Quieres hacer el favor de poner la mesa, Marcos? Te lo he dicho cinco veces y todavía no te has movido...

Mamá me dirige una de sus miradas fulminantes. Pero en seguida se olvida de mí y se dirige a Carlota.

—¿Y tú, Carlota? ¿No querías que te ayudara con el disfraz para la obra de teatro? Pues venga.

Pero Carlota no reacciona.

—Hoy parece que estés en la Luna, como tu hermano. ¿Se puede saber qué te pasa, que tienes esa sonrisa de tontita en la cara? No sé si estáis empanados, como decís vosotros, o quizá os ronda un resfriado que os tendrá en la cama unos cuantos días. Pero está claro que algo os pasa.

Miro a Carlota, que, efectivamente, está con cara de tener el cerebro en Pekín. Mamá no sabe por qué, pero yo sí. Y justamente ésa es la razón por la que yo también estoy así. ¡No me puedo quitar de la cabeza lo *friquis* y pringados que somos los Malditos! ¡Lo de hoy ya ha sido el colmo!

—¡Marcooooos! Me estoy enfadando. Si continúas aquí parado sin hacer nada, te acabaré castigando.

Me pongo en marcha. Cojo los platos y, después, los cubiertos. Y me pregunto qué haría Marcpower si estuviera en mi lugar. Está claro que no pondría la mesa...

¿Dónde estamos?
Entrando en el sistema solar.
¡Cañones a punto!
¡La Tierra quedará hecha fosfatina!
¡¡Somos las reinas del universo!!
NP

¡Vamos!
¡Es peor de lo que me temía!
¡Enemigo a la vista!
¿Quién es?
¡Dispara!
¡Marcpower!

¿Ah, sí?
¡Ahora tendréis vuestro merecido!
¡Los cañones no funcionan!
¡Y el láser está rajando los cristales!

¿Le ves?
No, no lo entiendo... ¿Dónde se ha metido?
¡Estoy aquí!
¡Os voy a detener para siempre!
Y ahora... ¡a broncearse!

—¡Crash!

—¡Marcooos! Marcos, ¡vaya! ¿Cómo te tengo que decir que estés por lo que haces en vez de estar todo el día en las nubes? Venga, ve a buscar la pala y la escoba y recoge los pedazos. Y tú, Carlota, ve con cuidado, a ver si vas a romper algo también...

13

UN PLAN QUE NO PUEDE FALLAR

La cabeza de Mimí, coronada por un sombrero de color verde, aparece entre las hojas del castaño; después, su busto cubierto con una chaqueta de punto verde. Hoy tiene el día verde, claro. ¿Puede que sea porque es su día de la esperanza? El nuestro, en cambio, parece el del desconsuelo.

—¿Qué? ¿No pensáis hacerme caso hoy? —dice.

—No te habíamos oído —contesta Borja.

—¡Ah! Qué concentrados estáis, Club de los Malditos... ¿Todavía os chinchan vuestros hermanos y hermanas?

—Ni te lo imaginas, Mimí.

Mimí mueve la cabeza y su sombrero verde se balancea.

—¿Y vuestro plan? ¿No teníais un plan?

—Nuestros planes se han ido a pique.

—Sí, no somos unos *cracks* elaborándolos.

—Pues pensad nuevos planes. No os quedaréis mano sobre mano sin hacer nada, ¿no? —Nos mira con ojos penetrantes, como si nos quisiera atravesar el cerebro. Quizá cree que así nos da ánimos—. Bueno, cuando estéis listos bajad; tengo una sorpresa para enseñaros.

La miramos con interés.

—Me he comprado un helicóptero teledirigido.

Borja pega un grito.

—¡Uau! ¡Genial!

—Eh, Borja, he dicho que «me he» comprado. O sea, para mí... Pero, naturalmente, os lo dejaré probar.

—¿Un poco cada día? —pregunta Borja.

—Mmm. Sí. E incluso me podéis ayudar a practicar el pilotaje —dice Mimí—. ¡Hasta ahora!

Y ella y su sombrero verde desaparecen entre las hojas del castaño.

—Un helicóptero teledirigido... —decimos Borja y yo a la vez, deseando tenerlo en nuestras manos.

—Dejaos de trastos con mando y pongámonos a trabajar en el nuevo plan.

—¡¿Un plan?! —dice Borja—. Ya no confío en nuestros planes.

—Ni yo —digo—. Me parece que somos unos negados para pensar planes que funcionen.

—Venga, no os deis por vencidos —dice Lucas intentando levantar la moral de los miembros del Club—. Si pensamos seriamente, quizá tengamos alguna idea brillante.

Borja lo mira con aire de incredulidad.

Yo digo que vale con poca convicción.

—Con la barriga llena, quizá pensaría mejor —dice Lucas.

—¡Ah!, no, no. Nos quedamos aquí hasta que encontremos una buena idea.

—¡Todos juntos! ¿Recordáis nuestro lema? —dice Borja.

—Sí —respondemos Lucas y yo. Y después, yo solo recito—: Uno para todos y todos para uno.

—Exacto —confirma Borja—. Así que ¡manos a la obra!, pensemos un plan.

—Sí —dice Lucas golpeándose la palma de una mano con el dorso de la otra—, tengo que encontrar la manera para hacerle ver a Mireya que ya estoy harto de que me hinche las narices.

—Pensemos —recomiendo, a pesar de que a mí me gustaría poner a pensar a Marcpower por nosotros.

Durante unos minutos no decimos nada. Yo tengo el cerebro como una batidora de tanto hacer trabajar las neuronas, pero no se me ocurre nada.

De repente, a Lucas se le iluminan los ojos. Estoy seguro de que ya debe de haber encontrado una idea brillante, porque parece que alguien le haya enchufado la cara a la corriente.

—¿Os acordáis de lo que dijo Mimí el otro día después de pelearse con el pelmazo que le quería comprar la casa?

—No.

—Ni idea.

—Pues yo sí que me acuerdo. Dijo: a cada cerdo le llega su San Martín.

—¿Y qué?

—Pues que lo acabo de entender. Fijaos: San Martín, el día de la matanza del cerdo.

Lo miramos sin saber adónde quiere ir a parar.

—¿Sabéis qué significa este refrán? —continúa Lucas—. Quiere decir que a todo el mundo, tarde o temprano, le llega el momento de sufrir.

—¿Y?

—Pues que hoy es San Martín.

—¿Y?

—¿No lo entendéis? Que hoy, sábado, es el día de la representación de Carlota y Mireya y, encima, las acompañan tus hermanos. Tiene que tener un significado a la fuerza.

Poco a poco he empezado a ver la luz y he entendido a qué se refiere Lucas. Se ve que Borja también lo pilla.

—Hoy tiene que pasarles algo a los cerdos de mis hermanos —dice Borja.

—Y a las cerdas de Mireya y Carlota —añado yo.

—Por supuesto: la frase de Mimí era premonitoria... —explica Lucas.

—¿Premoniqué?

—Que anunciaba algo que pasaría en el futuro —aclara Lucas—. O sea, hoy.

—Además, los tendremos a los cuatro juntos en el escenario —dice Borja.

—¿Cómo lo sabes?

—Porque mi madre ha repasado con los gemelos lo que tienen que decir y hacer. Y resulta que en la escena final, que es cuando se deshace el malentendido...

—¿Qué malentendido?

—¡Jolines, Lucas! Deja de interrumpirme —se enfada Borja—. El malentendido de los gemelos. Porque resulta que en la obra hay dos gemelos muy diferentes...

—Pero si Gabriel y Daniel son idénticos...

—Sí. Me refiero a diferentes de forma de ser.

Entonces, Borja nos explica que, en la obra, uno de los hermanos es muy tranquilo, mientras que el otro es travieso. Como no están nunca juntos, Carlota y Mireya, que, según parece, hacen el papel de dos mujeres del barrio, creen que son uno solo y están desconcertadas. Hasta que, al final, se deshace el lío porque los encuentran a los dos y, al verlos, lo entienden.

—O sea —lo paro yo porque, en realidad, el argumento de la obra no me interesa—, que en la escena final están los cuatro en el escenario, ¿no?

—Exacto.

—Pues tenemos que encontrar un plan para ese momento. Tenemos que pensar algo que los pueda fastidiar muchísimo.

—Eso: una putada de aquellas que no olvidas nunca en tu vida.

—Una putada de las que les hagan pensar que también ellos son un poco malditos y malditas.

—Pues venga. Tenemos que encontrar algo gordo de verdad.

—¿Vosotros sabéis dónde se hace la obra de teatro? —pregunto para saber si el lugar nos aporta ideas.

Borja lo sabe:

—En el teatro del centro cívico.

Lucas lleva un rato sin decir nada, como si estuviera pensando intensamente.

—¿Sabéis qué tendríamos que conseguir? Que los cuatro se olvidaran de lo que tienen que decir justo en la escena final. Sería la bomba, ¿eh? Los cuatro en el escenario con la boca abierta, sin decir nada, y el público cada vez más impaciente. Quizá incluso acabarían abucheándolos.

¡Ostras! Para tener esa idea tan chorra no habría hecho falta que hiciera trabajar tanto las neuronas.

—¡Ja! —dice Borja—. ¿Y eso cómo lo conseguimos? ¿Abduciéndoles los cerebros a los cuatro a la vez?

—Hombre, evidentemente lo que propones no tiene sentido.

Lucas me mira con cara de malas pulgas.

—Pues a ver: ¿qué idea tienes tú?

—Ya lo sé —interrumpe la discusión Borja—. Podríamos manipularles los disfraces, de forma que, en medio de la escena final, se les cayeran las faldas y los pantalones al suelo y se quedaran ante el público en ropa interior.

Lucas y yo nos partimos de risa sólo de imaginar el cuadro.

—Me imagino a Carlota en bragas e Isaac mirándola con los ojos salidos. ¡Ja, ja, ja!

—¡Pues yo me puedo imaginar a Mireya con su tanga y el culo al aire!

Y venga a partirnos de risa.

Pero pronto lo tenemos que descartar: primera, porque resultaría casi de ciencia ficción que las gomas de las cinturillas estallasen a la vez y segundo (¡y más importante!) porque no hay manera de tener acceso a los disfraces.

—Parece difícil encontrar algo que los perjudique a los cuatro a la vez.

—Quizá no tanto —digo yo, que tengo una idea—. Si la representación se hace en el teatro del centro cívico, usarán decorados.

—Seguro —dice Lucas—. He oído a mi hermana contar que ha estado trabajando en ellos. Me parece que es un decorado de una calle de una ciudad.

—¡Genial! —digo, porque ahora sí que lo tengo clarísimo: esto funcionará—. Prepararemos nuestro propio decorado. Nos subiremos a las tramoyas y, cuando sea el momento, desenrollaremos el nuestro.

—¿Y cómo será el nuestro? —pregunta Borja, que todavía no lo ve claro.

—No será un decorado —digo—, sino algún mensaje que los haga quedar como el culo a los cuatro. Por ejemplo, para hacerle pasar vergüenza a Carlota sólo hay que dibujar un corazón muy grande con una flecha y escribir en una punta su nombre y en el otro el de Isaac.

Lucas aplaude. Se ve que la idea le fascina.

—Pues yo ya sé qué haré. Escribiré «Mireya» y debajo pegaré una foto de ella rodeada de dibujos como el secador de pelo, frascos de colonia y de cremas, bragas, sujetadores, medias, sombreros, faldas... Lo que sea para que todo el mundo vea que siempre va monísima, pero porque es una presumida insoportable.

—Eso de la foto me gusta —le digo—. Así si alguien no sabe quién es Mireya, con la foto la identificará en seguida. Yo pondré una de Carlota.

Borja ahora abre mucho los ojos; parece que él también lo tiene claro.

—Pues me parece que yo haré un dibujo de una habitación oscura con un fantasma y, en un rincón, pondré las fotos y los nombres de mis hermanos...

—¿Y crees que eso les va a dar rabia?

—Espérate que no he terminado —dice—. Los dibujaré agachados y con una caca debajo de sus culos.

—¡Lo pillo! ¡Cagados de miedo! —grita Lucas.

—¡Justicia, queremos justicia! —grito a todo pulmón.

—¡Nuestra venganza será terrible! —berrea Lucas.

—¡Manos a la obra! Tenemos pocas horas para prepararlo —nos dice Borja.

—Vamos a buscar el material y nos ponemos ahora mismo.

Estamos tan alterados que incluso nos olvidamos del helicóptero teledirigido de Mimí.

14
MALDITAS HERMANAS Y MALDITOS HERMANOS

Ya es casi la hora H. Desde que he acabado de comer estoy como un flan. Se me nota tanto que mamá me dice:

—Marcos, ¿podrías estarte quieto? No sé qué te pasa. Estás muy nervioso. Parece que seas tú quien tiene que actuar dentro de un rato en el centro cívico ante más de trescientas personas, y no tu hermana.

¡Trescientas personas! ¡Caray, qué fuerte! Creía que habría menos público... ¡Je, je! Qué ridículo hará Carlota ante toda esa gente. Ya me lo imagino...

—¿Marcos actor? —se ríe mi hermana—. Con ese cerebro de mosquito que tiene, no podría ni memorizar el primer diálogo.

—Carlota, por favor —la regaña mamá.

Pero yo no hago ni caso de lo que me dice: ya

tendrá su merecido esta tarde. Le dedico un movimiento de hombros, como diciendo «a mí, plim», mientras ella se levanta de prisa para correr a buscar su móvil, que suena.

—Sí —dice con voz normal. Y en seguida, se le pone una voz de pánfila que te cagas—. Hola.

Tal y como ha sonado ese «hola», ya sé que está hablando con Isaac. Me quedo a escuchar.

—¡Qué bien! ¡Qué bien! Me hace mucha ilusión.

—...

—En el centro cívico. ¡Sí! A las siete de la tarde.

«¡¡¡Bien!!!», pienso, pero no lo grito porque no quiero que Carlota se dé cuenta de que la noticia me ha hecho tan feliz como a ella. Porque está claro lo que le ha dicho Isaac: que irá a ver la representación. Cuando el medio novio vea caer nuestro magnífico decorado, con la cara y el nombre de Carlota a un lado del corazón y el de él al otro, seguro que

tampoco le hará mucha ilusión. Toda la sala (¡trescientas personas!) lo habrá visto.

—¿Qué haces, tontaina? ¿Siempre tienes que estar espiándome cuando hablo con mis amigos?

Me voy pitando para no envenenar más la situación. Tengo que conservar la sangre fría; ¡eso lo tengo clarísimo!

A las cinco y media, el Club de los Malditos nos encontramos delante del centro cívico con nuestro fantástico decorado bien enrollado. Nos ha quedado sensacional. Tanto que, cuando lo vean bajar ante sus narices, quizá se vayan pitando del escenario. Y lo que es seguro es que, durante mucho tiempo, no se atreverán a mirar a nadie a la cara. Mireya y Carlota serán el hazmerreír de todo el instituto. Y Gabriel y Daniel no podrán salir al patio sin que toda la primaria se les tire encima para burlarse de ellos.

—Ahora sólo tenemos que entrar en el teatro,

subir a las tramoyas, colgar el decorado y dejarlo caer en el momento preciso —dice Borja.

—¿Y cómo sabremos cuál es el momento preciso? —pregunta Lucas.

—Muy fácil —explica Borja—. Yo sé algunos trozos de la obra porque mis hermanos no paran de recitarla. Y hay uno que es perfecto.

—¿Cuál?

—Al final de la obra, en el momento en que vuestras hermanas están hablando con Daniel y aparece Gabriel. Entonces, vuestras hermanas, con voz de sorpresa, dicen: «¡Si son dos!». Y entonces, los gemelos ríen y dicen: «¡Ja, ja! ¡Cómo os hemos engañado!». Yo creo que ése es el momento.

—Tienes razón. Como es el final, todo el público estará pendiente del escenario. Entonces, ¡pam!, desenrollamos el decorado y...

—Lo que no sé es cómo conseguiremos colocarlo. ¿Creéis que vamos a poder?

Nos miramos los tres sin saber qué hacer.

—Tenemos que intentar conquistar al vigilante.

El vigilante es el chico que está en el punto de información. Un tipo que lleva unas gafas de pasta naranjas muy psicodélicas.

—No nos dejará pasar —digo yo, porque sé que no es muy amable.

—Yo creo que sí. Ya veréis —dice Lucas—. En primer lugar, le diremos que tenemos una sorpresa para nuestras hermanas...

—¡Ya ves! Una buena sorpresa —no puedo evitar decir.

Lucas me echa una mirada asesina. Se nota que todos tenemos los nervios a flor de piel.

—¿Puedo acabar?

—¡Sí, hombre!

—Pues que, además, llevo en el bolsillo unas chocolatinas que a él le pirran. Lo sé porque siempre las come.

—¿Y estarías dispuesto a dárselas?

—Hombre... Para que nuestro plan salga bien, estaría dispuesto a casi todo.

—Intentémoslo, pero no creo que eso le ablande el corazón.

—¡Vamos a probarlo!

Entramos en el centro cívico con aire de niños buenos, no vaya a ser que nos echen por hacer el tonto.

El tipo de las gafas naranja, pendiente de su móvil y sin mirarnos, dice:

—Todavía no os puedo vender entradas. No es la hora.

Se abstrae en la pantalla de su móvil; pasa de nosotros olímpicamente.

—Ejem. Oye, ¿nos puedes dejar entrar? —pregunta Lucas.

Y pone en marcha la estrategia que nos ha descrito unos momentos antes. ¡Pero no tiene ningún tipo de éxito!

El tipo de las gafas de pasta naranja, a quien le importan un pepino la sorpresa para nuestros hermanos y las chocolatinas, nos envía a paseo sin miramientos.

—Venga, fuera, chavales —dice—. Si queréis entrar a ver el espectáculo, os tendréis que esperar media hora a que empiece a vender las entradas. Y ahora, piraos.

Él vuelve a la pantalla del móvil y nosotros salimos del centro cívico con la cola entre las piernas.

—No podemos tener tan mala suerte, ¿no? —dice Borja.

—Para una vez que tenemos un plan genial...

—Ahora no podemos tirar la toalla, ¿eh? —digo, porque los veo un poco deshinchados.

—¿Y qué se te ocurre que podemos hacer? —pregunta Lucas desenvolviendo una de las chocolatinas y metiéndosela en la boca.

Miro a través de los cristales de la puerta y veo que el chico de gafas naranja vuelve a estar concentrado en el móvil.

—¿Y si intentamos colarnos? —digo.

—¿Tú crees? —pregunta Borja, que no lo ve nada claro.

—Hombre... El tipo sólo está pendiente de su móvil... Quizá si nos agachamos y pasamos sin hacer ruido por delante de la taquilla, no se dará cuenta...

—Intentémoslo —dice Lucas con la boca sucia de chocolate.

—De acuerdo. Pero lleva tú el decorado —dice Borja mientras me pasa el rollo de papel.

Abrimos la puerta tratando de no hacer ruido.

Nadie sale a decirnos nada y el de las gafas psicodélicas sólo tiene ojos para su móvil.

—Tú primero —le digo a Lucas.

Lucas se agacha y camina en cuclillas. Pasa por delante de la taquilla, está a punto de tropezar con la alfombra roja, que es vieja y tiene los bordes enroscados, pero, finalmente y sin más trabas, desaparece por la rampa que baja al teatro.

—Ahora yo —dice Borja.

Está claro que no tiene ganas de quedarse el último.

Hace el mismo recorrido que Lucas sin problemas. Y también desaparece por la rampa.

«Ahora me toca a mí», pienso. Mira que si no lo consigo... Sería una pena porque soy yo quien lleva el rollo del decorado impertinente.

Justo cuando paso por debajo de la taquilla arrastrando el rollo de papel, oigo que el chico se mueve. Está tosiendo. Me quedo paralizado. ¿Saldrá fuera? ¿Me verá? No me atrevo a mover un músculo.

Miro hacia adelante y veo que Borja y Lucas sa-

can la cabeza por un extremo de la rampa. Me hacen señas con las manos. ¡Adelante!, dicen.

Les hago caso y, tan de prisa como puedo (en cuclillas no se puede correr), paso por debajo de las narices del vigilante y me planto en la rampa.

—¡Uf! Pensaba que no lo conseguirías —dice Borja.

Corremos por la rampa que lleva al teatro, llegamos a la puerta, la abrimos y vamos hasta el escenario, donde ya está colgado el decorado de la calle que han preparado Mireya, Carlota y compañía.

—Por aquí —les digo mientras empiezo a subir los peldaños que llevan al escenario.

Una vez allí, me dirijo al fondo y miro a lo alto. Arriba están las barras, las cuerdas, las poleas... Toda la maquinaria para poner, quitar y cambiar decorados.

—Venga. Tenemos que subir.

—¿Aquí arriba? —pregunta Lucas, que se ha puesto pálido—. ¡Uf! No sé si yo voy a poder.

—Que sí, hombre. Ya te estiraré yo desde arriba —le digo, porque ya he comenzado a trepar.

—Y yo te empujo el culo —dice Borja.

Lucas nos mira con cara de perro apaleado.

—Venga, Lucas —le digo desde arriba de las tramoyas—, empieza a subir, que si tardas mucho, nos pillarán actrices y actores.

Mientras Lucas todavía se lo piensa un poco, Borja me da el rollo de papel y yo lo cojo por una punta.

—¡Ya es mío! —le digo—. Sube de una vez.

—¡Nooo! —se queja Lucas—. No me dejéis solo aquí abajo, que no puedo subir.

Le acerco la mano a Lucas. Borja, a su lado, lo aúpa, mientras le dice:

—Apóyate en mis manos.

Luego, se agarra a mi mano, y entre Borja y yo —y un poco él mismo, que apoya el pie en un saliente del andamio— conseguimos que Lucas llegue hasta lo alto de las tramoyas.

—¡Uf! —Respira muy acalorado.

—Ven, escondámonos aquí —le digo, mientras señalo un rincón entre bambalinas.

Borja nos pega un grito desde abajo.

—¡Me parece que estoy oyendo gente!

—Venga, ¡no pierdas el tiempo!

Borja, rápido como una ardilla, trepa por el palo como si fuera la cuerda del gimnasio y en seguida está arriba.

—Escóndete bien —le digo.

Borja nos imita.

—¡Eh, Borja! Coge una punta —lo aviso.

Y muevo el decorado por un extremo, como si fuese un péndulo, hasta que el lado opuesto llega a sus manos.

—Así, nosotros desde aquí y tú desde allí, cuando sea el momento, lo desenrollamos.

—¿Y si me caigo? —pregunta Borja.

—No, hombre, tú procura no pensar que estás aquí arriba —le dice Lucas, que, una vez instalado, está siendo muy valiente.

Entonces, para darle ánimos, hago un resumen de lo que pasará dentro de poco rato:

—Escuchad: soltaremos el decorado y, cuando quede a la vista de todo el público, de entrada nadie dirá nada, porque la sorpresa será mayúscula.

—Pero cuando se rehagan de la impresión —continúa Lucas, que ya se siente como si estuviera ocurriendo—, empezarán a reír, y nuestros malditos hermanos y hermanas se querrán fundir.

—Se sentirán imbéciles por completo. Como nos hemos sentido nosotros tantas veces...

—¿Os imagináis que se largan corriendo del escenario?

—¡Sería la bomba!

—Yo ya me lo imagino.

—Me muero de ganas de que sea el momento.

—El momento M.

—¡El momento de nuestra gloria!

—¡Eh! Silencio...

Nos quedamos quietos y con el rollo a punto, justo en el momento en que se abre la puerta y entran...

—Mireya —me cuchichea Lucas al oído.

Y Carlota y los gemelos y otros muchos chicos y chicas del instituto.

«Venga, que vayan de prisa, que quiero que sea ya el acto final y desenrollar el decorado», pienso. ¡Je, je, je!

Los chicos y chicas que han entrado a toda prisa pasan por debajo de nuestros pies sin mirar hacia arriba. ¡Menos mal! Así nadie nos ve. Todo el mundo corre a los camerinos a cambiarse.

Durante un rato sólo oímos el ruido que hacen mientras se ponen los disfraces y hablan. Después, empieza a entrar el público y a sentarse en las butacas.

—Mirad —dice Borja—, mi padre y mi madre.

Entre el público también veo a la profesora de lengua del instituto. Y al padre y la madre de Lucas, cada uno por su cuenta. Y a mi padre. A mi madre no, porque seguro que llegará tarde, como siempre.

—Estamos a punto de conseguirlo —dice Lucas, con voz de orgullo.

—Ya sabéis —digo yo—: Uno para todos y todos para uno.

—Somos los mejores mosqueteros del mundo —dice Borja.

De repente se oye una voz que parece salir de nuestra espalda. Los Malditos nos pegamos un susto y estamos a punto de caernos al escenario. La voz dice: «La función está a punto de empezar. Por favor, les rogamos que desconecten los móviles».

Se apagan las luces, se levanta el telón y empieza la obra.

Gracias a las luces que iluminan la escena, los Malditos no estamos a oscuras. Así puedo observar las caras de satisfacción de los otros miembros del Club, ¡a punto de cumplir la gesta del siglo!

Abajo las cosas van según lo previsto. O, al menos, eso es lo que parece.

Mi hermana, vista desde arriba, es francamente curiosa. Sólo le veo la cocorota con el pelo, la nariz aguileña que sobresale y los pies que se le mueven.

Los otros actores son iguales: pelo, narices y pies. Y todos entran en el escenario, se mueven, hablan, salen y se esconden entre bambalinas. Incluso los gemelos —¡nunca a la vez!— entran y salen como si lo hubieran hecho toda la vida.

Se acaba el primer acto. Cae el telón. El público tose y se remueve en los asientos. Los actores y las actrices vuelven a ocupar el lugar que les toca.

Se levanta el telón. Mi hermana, sola en el escenario, habla con uno de los gemelos. No sabría deciros si es Gabriel o Daniel. ¡Se parecen tanto! Después aparece Mireya.

Y desde arriba continúo viendo la cocorota de todos los personajes. Y los pies que se mueven.

¡Uf! Llevo tanto rato sentado en el palo que me siento como una gallina.

—Me hace daño el culo —me dice Lucas.

—Es como estar en el palo de un gallinero —dice Borja, que parece que me haya leído el pensamiento—. A ver si llega ya el tercer acto y podemos bajar de una vez.

No tarda mucho en caer el telón por segunda vez. Eso quiere decir que ya empieza el último acto. El público vuelve a toser y removerse en las butacas. El telón se levanta y se inicia el tercer acto. ¡El definitivo!

Los actores y las actrices vuelven a pasearse por el escenario, todo pelo, narices y pies. Esto de verlos desde arriba es realmente curioso.

Por fin, cuando llevamos un buen rato del tercer acto, Borja nos avisa.

—¡Es casi el momento!

—Preparado —le digo, mientras cojo el rollo por la punta, listo para soltarlo.

—Preparado —dice. Y lo veo que también se sitúa de modo que pueda soltar el decorado.

—Preparado —dice Lucas.

El Club de los Malditos nos miramos orgullosos. Abrimos la boca y, sin sonido, decimos:

—Uno para todos y todos para uno.

Aquí estamos, listos para apoyarnos unos a otros.

Miramos hacia abajo y observamos a Mireya y a Carlota situadas junto al decorado. Qué cara pondrán cuando vean lo que les cae detrás.

En ese momento, Mireya y Carlota señalan a los gemelos, que se acercan desde una punta del escenario, y dicen:

—¡Si son dos!

Éste es el momento. Miro a mis compañeros, a punto para dar el pistoletazo de salida. Ellos también me miran a mí. Y, de repente, me doy cuenta de que ponen cara de duda.

Me parece que Lucas dice que no con la cabeza. ¿Qué quiere decir con esto?

Borja pone cara de tener dolor de estómago.

Y entonces, tal y como nos ha anunciado Borja que pasaría, los gemelos ríen y dicen:

—¡Ja, ja! ¡Cómo os hemos engañado!

Ahora tendría que ser el momento, pero ni Borja ni Lucas ni yo hacemos ningún movimiento para desenrollar el papel.

Y ahora que estamos a punto, ahora que estamos a un paso de la venganza que les hemos preparado, nos quedamos congelados y no soltamos el decorado.

15
HAY GENTE QUE HA NACIDO CON UNA FLOR EN EL CULO...

No tarda mucho en terminar la representación. El telón cae y el público aplaude con ganas.

El Club de los Malditos no nos miramos. Cada uno de los miembros tiene bastante carga con él mismo. Está claro que no lo hemos tenido claro, si se me permite este juego de palabras digno de Lucas.

El telón se levanta de nuevo y las actrices y los actores salen a saludar. Finalmente, todo el mundo se va: público y compañía teatral.

Y nosotros, todavía en silencio, bajamos de las tramoyas.

Antes de mezclarnos con los espectadores más rezagados, digo:

—Club de los Malditos, no lo hemos hecho porque no nos ha dado la gana.

Borja, todavía con la frente baja pero levantando

los ojos, nos mira con aire de perro apaleado. No parece estar muy cómodo.

Lucas remacha el clavo:

—Tienes toda la razón, Marcos. Y no sé qué hacemos aquí, cuando podríamos estar jugando con el helicóptero teledirigido.

En casa, a Carlota le faltan orejas para recibir tantas y tantas felicitaciones. ¡Ags!

La abuela la llama y Carlota pone el teléfono en modo «manos libres» para que podamos oír todos la conversación.

—Bonita, ¡qué bien que lo habéis hecho!

—Abuela, me habría gustado decirte hola...

—No te preocupes; ya he visto que estabas muy ocupada... ejem, con un chico...

Aquí: risas estúpidas de Carlota. Papá pone los ojos en blanco, y yo también.

—Isaac. Un chico muy guapo.

—Sí, sí. Ya me he dado cuenta.

Cinco minutos más tarde, vuelven a llamarla. No pone el teléfono en modo «manos libres». Está claro que quiere una conversación íntima.

—Hooolaaa —dice.

Por el tono, ya sé que es Isaac.

—...

—Qué contenta estoy de que te haya gustado...

—Ay, sí —digo yo, haciendo el tonto.

—Maaarcos —me avisa mamá.

—Sí, hemos ensayado mucho —dice Carlota.

—...

—De acuerdo. Hasta mañana.

Por la noche, mientras cenamos, mamá y papá también felicitan a Carlota.

—No sabía que tenía una hija tan buena actriz —dice papá.

—Francamente, os ha quedado estupendo —dice mamá.

¿Basta, no?, pienso yo. Y me digo que hay gente que ha nacido con una flor en el culo.

De repente, mi hermana me mira y me dice:

—¿Y tú, Marcos, podrías haber venido, no?

—¡Anda ya! ¿Para verte a ti haciendo el tonto encima de un escenario? Mis amigos y yo tenemos cosas más interesantes que hacer en la vida.

FIN

(por ahora)

LA AUTORA

Soy Gemma Lienas, autora de *El Club de los Malditos* y de otros libros.

De pequeña me convertí en adicta a la lectura. Me gustaba tanto leer que durante el desayuno, como las normas de buena educación no permitían leer en la mesa, me leía las instrucciones de uso del bote de Colacao. Y esto, ya os podéis imaginar, me producía un placer intenso, de un lado, porque leía, y de otro, porque conseguía esquivar la prohibición de mis padres. Os suena, ¿verdad?

¿Cuándo decidí que quería ser escritora? Pues sentada en la taza del váter de mi casa, donde solía encerrarme a leer para que nadie me molestara. Me gustaba tanto leer, que aspiraba a este oficio: escribir libros que contagiasen las ganas de leer. Si te has divertido con *El Club de los Malditos*, ¡objetivo cumplido!

EL ILUSTRADOR

Soy Àlex Omist, ilustrador de *El Club de los Malditos* y de otras historias. De pequeño dibujaba a todas horas y en cualquier lugar. Dibujaba mientras hacía gimnasia en el cole, en el patio, en clase de geografía e incluso mientras veía *Dragon Ball*, que tiene miga... Pintaba con cualquier cosa que tuviera a mano: un lápiz, un pincel, un rotulador o incluso el pintalabios de mi madre, ¡aunque no le hacía ni pizca de gracia! Mis huellas estaban por todas partes: en las paredes, en el papel de váter, en carpetas y mesas... Hasta que crecí y mis padres, un poco preocupados por mi desmesurada afición, me matricularon en una escuela de diseño y pintura. Ahora trabajo en lo que más me gusta: dibujar toda clase de historias.

Índice

Ilustración y diseño de la cubierta: Àlex Omist
Ilustraciones cedidas por Grup Editorial 62, S. L. U.
Maquetación: Tamara Sánchez

Círculo de Lectores, S. A.
Travessera de Gràcia, 47-49, 08021 Barcelona
www.circulo.es
1 3 5 7 9 4 1 0 2 8 6 4 2

Licencia editorial para Círculo de Lectores
por cortesía de Grup Editorial 62, S. L. U.

Depósito legal: B.386-2014
Impresión y encuadernación: RODESA (Rotativas de Estella, S. A.)
Navarra, 2014. Impreso en España
ISBN 978-84-672-5868-4
N.º 08144